光文社文庫

文庫書下ろし

ドクターぶたぶた

矢崎存《あり》美《み》

光 文 社

この作品は光文社文庫のために書下ろされました。

目次

窓際の人形劇……5
妄想の種……53
優しい人……101
恋かもしれない……147
祖母の決断……199
あとがき……211

窓際の人形劇

「ごく早期の胃《い》がんですね」

県立総合病院の担当医師がそう言ったあと、荒賀勢一《あらがせいいち》は生まれて初めて「気が遠くなる」という感覚を味わった。

意識までは失わなかったが、音がよく聞こえない。担当の和田《わだ》先生は三十代くらいの元気な男性で、声も大きいはずなのにどうしても聞き取ることができない。

何もかもがん告知のショックで吹き飛んでしまったのだ。告知されても、自分は大丈夫だと思っていたのに。充分覚悟していたはずなのに。

自分の覚悟なんて、こんなものだったのか。

「早期ですので、手術すればほぼ大丈夫ですよ」

これだけはかろうじて聞こえた。

今、「ほぼ」って言った！「ほぼ」ってことは……もしかして自分はそれに当てはまらないのではないか、と考え始めると、今度はそれが止まらなくなった。

どうしよう……。家族にも言わなければならない。子供も上は大学に入ったばかり、下は中学生だが来年高校受験……。学費がまだまだかかるのに。

働けなくなったらどうしよう。

自分の今の仕事もどうなるかわからないではないか。妻はパートをしているが、彼女の肩にすべて担《にな》わせるわけにはいかない。いったいどうしたらいいのだろう……。

考えていると、頭の中で同じ思考ばかりが巡《めぐ》り、熱が出てきそうだった。

ハッと気づくと、いつの間にか診察が終わっていた。会計の受付に来るまで、どうやって歩いたかも憶《おぼ》えていない。

自動会計機でよかった。人と顔を合わせていたら、泣いてしまっていたかもしれない。震える手で財布を取り出し、金を払って病院を出た。手にはちゃんと次回の予約票もある。都合とか伝えた憶えはなかったけれど。

午後は仕事に戻る予定だったが、どうにもそんな気になれず、結局会社へ電話をして休むことにした。手術となれば、また休みを申告しないといけないし、入院中の仕事の割り振りだってしなくてはならない。

でも、そんなことができる気力はどこにもなかった。「どうしよう、どうしよう」と心の中でつぶやくことしかできない。

とにかく午後いっぱいどこかで気持ちを落ち着かせて、家へ帰ろう。家族にちゃんと話せるだろうか。

とりあえず駅の方向へ歩き出したが、途中にあった大きな公園のベンチに座り込んでしまう。しかし、家族連れや小さな子供を見ているのがつらくて、結局池のほとりに移動し、水面《みなも》をじっとながめることになる。

何も憶えていないと思ったが、座っているといろいろ思い出してくる。聞いていないようで聞いていたのか、と苦笑してしまう。

和田先生の話だと、がんは早期――とても初期のもので腫瘍《しゅよう》自体は小さいという。

「手術はおそらく内視鏡《ないしきょう》ですみますから、回復も早いですよ」

と笑顔で言われたのだが、勢一はとても笑える気分ではなかった。彼がこっちのショックを和《やわ》らげるために、無理して笑っていたのではないか、とすら思ってしまう。

手術なんて、生まれてこの方、一度も受けたことがない。今まで当たり前のように健康だったから、よりショックなんだろう。贅沢《ぜいたく》なことだ。しかもがんは早期のもの。腹に数箇所穴を開ける腹腔鏡《ふくくうきょう》手術ですらなく、口から内視鏡を入れるそうだから、傷も表にはできない。俺は多分、幸運な方なのだ。

そう思おうとしても、「それでも手術が失敗したら?」「他にも転移《てんい》していたら?」という気持ちが拭《ぬぐ》えない。こんなに怖《こわ》い思いをするなんて――がんをなめていた。それとも、たとえ手術の失敗率が一%でも自分がそこに入ると思うタイプの人間だったんだろうか。

めんどくさい自分にうんざりした。今の段階でこうなんだから、これからどうなるのか……。家族にもそんなふうに思われたらどうしよう。うまく説明できる自信もない。こんなことをうじうじ悩んでいるのなら、会社で仕事をした方がマシだったかもしれない。そっちの方が落ち着くだろうか。いつまでも公園のベンチに座っているわけにもいかないし。

重い腰を上げて歩きだすが、すぐに疲れてしまう。そういえば、昼を食べていなかった。昼だけでなく、朝も、昨日の夕食も。最近、当然胃の調子が悪くて食欲もなかったから、満足に食べていない。

俺はもうダメかもしれない――そう思いながら、駅前のコーヒーショップへ入る。コーヒーだけでは悪いかなと思い、サンドイッチも買って、窓際の席へ座った。コーヒーも弱っている胃にはよくないだろうが、買わなければ座れない。頭がはっきりしない時にはコーヒー、と刷《す》り込まれているようだ。

だが、飲む気も起こらない。砂糖を入れてミルクも入れてかき混ぜて、その白い軌跡《きせき》を見ながら、ただただ冷《さ》めておいしくなくなるのをじっと見ているしかなかった。

その時、目の端《はし》の方で何かが動くのに気づいた。勢一は顔を上げる。向かい側の店の窓際で、何か妙なものが動いているのが見えたのだ。

いや、実際は妙ではなかった。だって、向かい側はお菓子の家のようなかわいいケーキ店で、窓際にあるのはかわいいぬいぐるみだったから。それは、店の雰囲気にとても合っていた。

ただ、そのぬいぐるみがもぐもぐケーキを食べるように動いているのは、妙としか言えない。

なんなんだろう、あれ……。勢一は目が離せなくなった。

真四角のクラシックな白い窓枠《まどわく》の下の方に、ちょこんと薄《うす》ピンク色のぶたのぬいぐるみの横顔だけが見えていた。突き出た鼻に黒い点目、大きな耳。とても愛らしく、動かなかったら単なる飾りだろう。だが、たまにその四角い枠の中にフォークの先が現れ、口らしき場所にケーキ？　のかけららしきものを押し込んでいる。そして、コーヒー？　紅茶？　をかわいいカップで飲んでいる。

フォークやカップとの比率から、だいたいの大きさを割り出してみる。バレーボールくらいだろうか……。なんでそんな微妙な大きさのぬいぐるみがあんなところでこれ見よがしに動いているのか――。しかも、食べて飲んでいる。いや、本当にしているかどうかはわからないけど……。

そこではたと思いつく。人形劇？

あ、なるほどね……。それならわかる――か？　だいたい誰のために？　通りかかる人に向けているのかな？　宣伝？　しかしそれにしては単調だ。かわいいけれど、ひたすら食べて飲んでいるだけ。もっと派手な動きをしないと、通る人が気づかないんじゃないのか？

そうツッコミながらもつい見続けてしまう。そのうち、口の端にずっとついているクリームが気になってきた。なんだか拭《ふ》いてあげたくて、むずむずしてくる。しかし、本人（？）もそれに気づいたのか、ナプキンで口というか鼻のところまで拭き拭きしていた。手の先がよく見える。濃いピンク色の布が張ってあり、ひづめのようになっていた。

指も何もないが、あれでよくフォークやカップを持てるものだ。あ、人形劇だよな……。

ただ食べて飲むだけというシュールな人形劇は、唐突に終わる。ひょいとぬいぐるみの横顔が消えたと思うと、五分とたたずに若い女の子二人組が席に座った。一瞬にしてごく普通のケーキ店に戻ってしまった。いや、相変わらずピンク色でキラキラで、お菓子の家のようにかわいらしかったけれども。

あれ、どういうこと？　今までのはなんだったんだ？

勢一は我に返ったようにあたりを見回した。まさか——店から出ていった？　帰ったってこと？

そう思って、店の前の道に目を走らせるが、そんなはずないか、と心の中でつぶやく。人形が自力で歩いて帰るだなんて……変なことを考えてしまった。

いったいあれはなんだったんだろう。皆目《かいもく》見当がつかない。何かの撮影？　気づかなかったけど、外にカメラがあったのだろう。

まあ、俺には関係ないけどな。でも、見られて得した気分。

ちょっと笑いが漏《も》れる。

そこで気づいた。あのぬいぐるみを見ていたちょっとの間だけ、自分の病気のことを忘れていたと。

結局、サンドイッチはカバンに入れて、コーヒーは飲み残しのところにあけてしまったが、少しだけ気分はよくなった気がした。

結局会社に少しだけ寄って諸々《もろもろ》こなし、家に帰ってきてから、妻の雅美《まさみ》と話した。検査結果に熱心に目を通したあと、

「よかったね、早期で」

と言った。ちょっとカチンと来る。

「ひとごとだと思って……」

そんなこと言うべきではないと頭ではわかっているのだが。

「そりゃあ、あたしはあなたじゃないですからね。でも、そういうんじゃないわよ。客観的に見てそうだって言ってるだけよ」

どっちにしろ妻には口ではかなわないので、ムッとして黙るしかない。

「内視鏡手術は時間があまりかからないって聞くし」

「そんなのあてになるかどうか……手術の時に転移がわかる場合もあるっていうし」

そう言うと、雅美は困った顔になった。こればっかりは彼女の口のうまさでどうにかなるものではない。

「そういうことにならないように祈りましょう？」

優しい声で諭《さと》されると、何も言えなくなる。確かにそれしかできることはないのだ。勢一はうなずくしかなかった。

その夜もなかなか眠れなかった。何度も病院でのやりとりを思い出してしまうから。だが、何度かくり返しているうち、見たはずのない光景も入り込んできた。まるで夢の始まりのようだった。ピンクのぶたのぬいぐるみがケーキ店の前の通りをスタスタ歩いている。

ふふっと自分の笑い声で目を覚《さ》ましてしまったが、そのあとはなぜか眠りにつくことができた。

入院するまでの検査と診察の間に、和田先生から手術の執刀医《しっとうい》は別と教えられる。てっきり主治医の彼が手術をするものと思っていたので、勢一はかなり焦《あせ》ってしまう。

「そういうことって普通なんでしょうか……？」

躊躇《ちゅうちょ》しつつ、訊《き》いてしまう。

「そうですね。もちろんわたしも立ち会いますけど、手術は執刀医を中心に行うということです。今回はかなり腕のいい先生にやってもらえますから、その点は安心してくださいね」

そんなことを言われても「ああ、そうですか」とすぐに納得できなかった。不安が募《つの》る。「腕がいい」と言うのなら、それが安心できる材料のはずなのに。

最近、何を聞いても不安に思ってしまう傾向にある、と自分でもわかっていた。がんの告知をされてから、神経質になりすぎている。子供に心配をかけたくないので、入院や手術のことは言っても、がんであることは内緒にしているのだが、家でどんな態度をとればいいのかもわからない始末だった。妻のフォローもあって、子供たちは父親の身体《からだ》の調子を気遣ってくれるのだが、それがなんだか申し訳ない。

早く手術をすませたいという気持ちと、もし失敗した場合、そのあとどう過ごせばいいのか、という気持ちを行き来するばかりで……。

「手術の同意をしていただくために、執刀医の山崎《やまざき》先生との顔合わせの場もお作りします。ご家族の方も同席いただきたいんですが」

和田先生が言う。

「妻と、妹が来てくれるはずです」

「そうですか。では日程は――」

と診察とは別に予定が入れられ、なんだかどんどん段取りどおりに進められていく。

その方がいいのかもしれない。気がついたら手術が終わっていて、すぐに身体が回復――とうまくいってくれたら最高なんだけど、なかなかそうポジティブな想像ができない。

「で、実は執刀医の山崎先生に関して、言っておかなければならないことがあります」

改まった声で言われて、勢一も姿勢を正す。胸がドキドキしてきた。

「え、その人は本当に――」

さすがに黙ったままでいられず、声が漏れたが、先を続ける勇気が出ない。その人の腕は確かなんですか？　と訊いて、何か自分に不利になるのでは、と反射的に感じてしまったのだが。

「あ、それは本当に上手な先生ですから、安心してください。手術時間も短くて、入院も短くてすみますよ」

あー、まあ手術前に「この人実は下手で」なんて普通言わないよな、と少しほっとする。だが、次の言葉にまた動悸《どうき》が激しくなる。

「執刀医の名前は、山崎ぶたぶた先生です」

名前、執刀医の名前、山崎……山崎……ぶたぶた？

「へっ⁉」

やっと出た声は動揺と驚きで、かなり変なものだった。何、そのフルネーム⁉

「え、そ、その名前の人が、手術をするんですか？」

「はい、そうです」

ぶたぶた……ぶたぶたなんてふざけた名前の人が、自分の手術をするなんて……お腹《なか》を切る（胃の中だけど）のに……。

「それでですね、実は山崎先生は、ぬいぐるみなんです」

ふーん、ぬいぐるみ……ぬいぐるみっ⁉

「へあっ⁉」

もうそんなに驚くこともなかろう、と思っていたけど、甘かった。何言ってるの、この人⁉　医者なんでしょ⁉　医者なんでしょっていうのも変だけど！

「見てもらった方が早いですよね。これが山崎先生の外見です」

そう言って、和田先生は一枚の写真をパソコンのモニターに出した。

ぬいぐるみだ……。それはただのぶたのぬいぐるみをかわいく写した写真にしか見えなかった。薄ピンク色の身体、突き出た鼻に黒い点目、右側がそっくり返った大きな耳。身体にぴったり合った白衣《はくい》まで着ている。大きさはわからない——と思ったら、周囲に写っているのは足か。人間の足だ。何これ、膝《ひざ》までもないじゃないか！　バレーボールが転がってるみたいだ！

和田先生は勇《いさ》んで話を続ける。

「手術の技術は素晴らしいんですよ。その点ではわたしが保証します。この病院で内視鏡、あるいは腹腔鏡手術をする場合、彼にやってもらうのが一番なんです！」

……大丈夫なの、この人。

「ただちゃんと説明しないといけませんし、不安を抱いて手術するのも負担になりますから、彼の経歴や外見などをきちんと見ていただいています」

それはとっても大切だとは思う。思うけど……ぬいぐるみの写真を見せられても。

「質問ありましたら、遠慮なくどうぞ」

「……本当にぬいぐるみなんですか？」

「はい、そうです」

あっさりと返事が。え、何ここは、ぬいぐるみの国？　ぬいぐるみと人間が共存でもしてたっけ？

「もちろん変えてほしいとおっしゃるのならば、応じます。でも、わたしだったら絶対に彼にやってもらいます！　こちらから頼みたいくらいです！」

ますます力が入ってきた。その迫力に圧倒されそうになる。どうしよう……さっきとは別の動揺が広がる。このまま説得されてしまったらどうしよう——というより、これが現実だと信じられない……。

「え、冗談……ですか？」

もしかしてこれこそドッキリ？

「いえいえ、まさか」

混乱の極《きわ》みだ。勢一は呆然《ぼうぜん》とするばかりで、言葉も出てこない。

「とにかく、よく見てください。下に経歴もありますからね」

もっとよく見えるように、和田先生はパソコンのモニターをこっちへ向けた。

ぼんやりと話を聞きながらその写真を見ていて、あれ？　となる。

このぬいぐるみ、見たことあるような。そう思って、顔をモニターに近づける。

これは……告知をされた日に見たぬいぐるみではないのか？　ケーキ店の窓際で人形劇？　をしていたあのぬいぐるみに似ている。

このぬいぐるみを見ている間は、悲しくて混乱してどうしようかと沈んでいた気持ちを忘れられた。それからもあの時の光景を思い出して、落ち込みそうな時は元気づけてもらっていたのだ。誰にも言っていないけど。また見られないかな、と期待して、病院のあとはあのコーヒーショップに寄っていた。ケーキ店に入ればいいのかもしれないが、そんな勇気はなかった。とてもかわいらしい店で、自分のようなおじさんには場違いだから……。

しかし……それと手術はまた別問題ではある。というより、さらにわからなくなってきた。

「なんだかわからない、というお顔ですね」

そのものズバリを言われてしまった。

「すぐに結論出さなくてけっこうです。戸惑うのも当然のことですので、次の診察の時までにどうするか決めてください。手術の同意書を取る際でもかまいません」

「あのう……断る人もいるんでしょうか？」

他の人のことを気にする必要なんかないってわかっているのだが、どうしても知りたい。

「いらっしゃいますよ。『ぬいぐるみに手術なんて、からかってんのか!?』って怒る人も多いです。でも、こちらとしては大真面目《おおまじめ》なんですよ。だって、この山崎先生、ほんとに手術うまいんですもの」

「けど、こんな手で……手術ってほんとにできるんですか？」

こんなふわふわな手で、メスとかちゃんと握《にぎ》れるの!?　……フォークは握れていたようだけど。

「山崎先生は、内視鏡と腹腔鏡手術専門なんですよ」

「え、それって――」

「内視鏡の画像を見ながら、器具を遠隔《えんかく》操作するので、実際にメスを握ったりはしません」

そう聞いて頭に浮かんだのは……ジョイスティックを柔らかそうな手先で操《あやつ》るぬい

ぐるみだった。ゲームか、あるいは工場のロボットとか……。

しかしそれは決して、安心材料とは言えないのであった。

誰にも相談できそうになかった。

書類もちゃんと渡されたので、妻にも見せた。執刀医の名前もあったけれども、名字だけだったので、勢一がフルネームを言わなければわからない。

「ずいぶん不安そうだけど」

そう言われて、言ってしまおうかと思ったが、あのぬいぐるみと面識《めんしき》のない雅美に対して、ちゃんと説明できる自信がない。それに、

「どう不安なのかわかんないんだよ」

と言ったこの気持ちがもっとも正直なものだった。いまだに現実感がないというところだろうか。

おそらく、何も知らない状態で言われたら、我に返った瞬間、即座に断っていただろう。ぬいぐるみが手術なんて、とんでもない！　とでも言って。あんなに小さいのに手術できるとか、やっぱり頭が追いつかない。ぬいぐるみに医師免許ってどういうことだ

よ……でも、免許ない人が手術できるわけないし、そんなの内緒でやるわけないし、だから本人（？）の写真も見せたんだろうし……。

常識的に考えて、「断る」一択《いったく》だろう、と思う。人間にやってもらうのも怖いのに、ぬいぐるみになんて！

でも、和田先生は「自分もやってもらいたい」と言っていたな。

次の診察の時に、訊いてみた。

「たとえばですけど、実際にあの先生に手術をやってもらったお医者さんとかいるんですか？」

と訊いたら、

「いますよ！」

と病院内の何人かの先生の名前を出した。

「もちろん、他の病院の先生も。指名はかなり多いみたいです。だから、県内の病院をいろいろ回って手術しているんですよね」

医師が選ぶというのは、普通ならかなりの安心材料なのだが……。

「うまい人にやってもらえて、しかもそれが山崎先生だったら、僕なら自分は幸運だと思いますよ」

そこまで言うのはなぜなんだ、ぬいぐるみに弱みを握られているのか、とつい考えてしまう。

なのに、いまだに迷っているのは――どうしてもあの窓際での人形劇？　が頭に残っているからだ。あれを思い出すと、なんだかつい笑ってしまう。

それは、鬱々《うつうつ》とした日々を過ごす勢一にとって、オアシスのような時間でもあった。この歳でかわいいと思うものが現れるというのも……我ながら気持ち悪い。そしてもう一つ。彼が食べていたケーキがおいしそうだったのだ。あれからあの店の前を通りかかるたびに、中で食べる勇気はないが、買って帰ろうかと思っている。勢一は甘いものが好きなのだ。

でもそれは、手術してからのごほうび、と考えている。成功すれば――。

ぬいぐるみが内視鏡のハンドルを持っている姿が浮かんだ。いや、無理だろう？

手術は全身麻酔《ますい》なのかな？　部分麻酔だったら、手術している間、何やってるか見えるんだろうか。あの小さい身体で手術するため、台とかに乗るんだろうか。内視鏡のハンドルが重くて落としたらどうなるんだ――？

思わず身震《みぶる》いしてしまうくせに、想像をやめられないし、手術を断ることもできない。それとこれとは別、とも思うのだが。

時間的にはまだ余裕があると和田先生は言ってくれたが、次の診察でも言えず、ギリギリの期限である日にちに電話をすることもできず――。

そして、手術の同意書にサインをする日が来た。雅美と病院に赴《おもむ》き、妹の佳世《かよ》とも合流する。

二人とも久しぶりに会ったので話が弾《はず》んでいたが、無理して明るくしているのか素《す》なのか勢一にはさっぱりわからない。

自分が気にしているのは、今回の場へ山崎ぶたぶた先生が本当に来るのかどうかであった。雅美と佳世に卒倒《そっとう》されたら大変だが、「顔合わせ」って言っていたから、来ないというのもなあ……。

受付でそれを確認することもできず、

「二階の談話室のところでお待ちください」

と言われて素直に従《したが》う。小さな会議室みたいなのが並ぶ廊下のソファーでしばらく待つ。さすがに三人とも口数が少ない。

「荒賀さん、どうぞ。先生お待ちしてます」

呼ばれて入ると、思ったよりも狭い空間だった。テーブルは置いてあるが、身を乗り出せば額《ひたい》を突きつけて話し合えそうな部屋だ。

そこに、和田先生が一人で座っていた。隣の席にはなぜか、白衣を着たぬいぐるみが置いてある。想定したとおりの展開だ。そう、置いてあるとしか見えないだろう。雅美と佳世には。

「あ、おはようございます。お座りください」

と和田先生が言う。三人はそそくさと席に着く。

「主治医の和田です。今日はよろしくお願いいたします」

雅美と佳世はチラチラとぬいぐるみを見ていた。和田先生と同じように頭を下げているのにびっくりしているらしい。

ちょっと楽しくなってきた。あのケーキ店の窓辺《まどべ》を見ていた自分も、こんな顔をしていたんだろうか。

しかし、次の展開には、勢一も驚いた。

「執刀医の山崎ぶたぶたです。よろしくお願いします」

しゃべった！　ケーキ食べてるのは見たけど、しゃべったのを聞いたのは初めて！　でも、口はどこだ？　鼻がもくもく動いていただけに見えたけど。もしかして、鼻でしゃべってる？

雅美が「ぐふっ」みたいな変な声を出した。佳世は口をポカンと開けている。

「手術については、わたしからご説明します。ちょっと失礼させていただきますね」

そう言って彼（渋《しぶ》い中年男性の声だったのだ）は、テーブルの上に立った。和田先生がさっとノートパソコンを差し出す。

山崎先生は、パソコンの画面をふかふかな手で握ったボールペンで指しながら、説明を始めた。勢一はなんだか落ち着いてきた。他の二人が内心あわてているのが手に取るようにわかったからかもしれない。あわてていない自分が一歩リードをしているような気分だった。

山崎先生は、パソコンの周りを回りながら要点を指し示し、画像を変えたりして微《び》に入《い》り細《さい》に入り説明をしている。点目が大きくなったり小さくなったりしている。ように見える。面白い。小さな手を振り回したり、考えこむように鼻をぷにぷに押したりして、表情（?）も豊かだ。

その上、説明はとてもわかりやすい。このぬいぐるみが手術をするということは確かに不安なのだが、直接ではなく内視鏡だし、他にもサポートしてくれる医師や看護師もいる。

何より彼の声は聞きやすく、とても安心できる話し方だった。人間だったら、一も二もなく信頼していただろう。それを言うなら、人間であっても受け入れられない場合だってある。人間の医師がボソボソ聞き取れない声でしゃべったり、きつい言葉を投げかけたりしたら、きっと「えっ」と思うに違いない。それでも「手術は最高にうまい」と言われたらどうする？

百％確実でないことに百％を求めても、堂々巡りになるだけなのだ。

勢一はさらに落ち着いてきた。

「――ということですが、ご質問などはありますか？」

雅美がおそるおそる手を挙げる。

「あの……本当にこの……山崎先生が手術をなさるんでしょうか？」

おそらく誰でも訊くだろうことを言う。

「はい。わたしが行います」

「山崎先生はこの病院の内視鏡と腹腔鏡手術の八割を行っておりまして、ほぼ成功させています」

「ほぼ！」

佳世が声をあげた。そうだよな、「ほぼ」ってなんだか気になるよな。

「途中で開腹《かいふく》手術になる場合もありまして、その場合は別の医師に代わる場合もあるんです」

「あ、そうなんですか……」

雅美が納得したかどうかはよくわからないが、それ以上質問はしなかった。

「荒賀さんは何かありますか？」

「途中で開腹手術になる場合もあるって言ってましたが、その可能性は僕の場合、どれくらいあるんでしょうか？」

「口からカメラを入れる内視鏡手術の場合はほとんど可能性はありませんよ。ごくまれに出血があった場合くらいですね」

断言はしないが、山崎先生の言葉には妙に説得力があった。自信……なんだろうか？

和田先生もいい人だと思っていたが、山崎先生には不思議な威厳《いげん》がある。ぬいぐるみなのに。

まだそこはかとなく残る不安は、おそらく誰が手術するにしても持つものなんだろう、と勢一は思えるようになってきた。

手術同意書に、勢一はあっさりサインしたが、雅美はちょっとためらった。

「ここでお断りしたら、どうなるんでしょうか？」

「手術の予定を組み直さないといけませんから、だいぶ先に延《の》びます」

和田先生の言葉を聞いて、雅美は渋々という感じでサインをした。

佳世は特に質問もなく、躊躇なくサインをする。

が、病院からの帰り道で、雅美と佳世に攻撃された。

「どういうことなの⁉」

そうそう、それしか言えないよなー、と思う。雅美はかなりあわてていた。

「ほんとにあの先生に手術してもらうつもりなの？」

「うん、そうする」

勢一は、初めてそう言ってみた。サインはしたけれど、口に出すことはためらっていたように思う。

「お前だって同意書にサインしたじゃないか」

「だって……あなたがサインしたから、覚悟してるんだな、と思って。手術がだいぶ先になるのも怖いもの……。でも、ねえ大丈夫なの？　内視鏡のハンドルって重そうじゃない？　あの……持てるの⁉」

「持ってるとこを見たわけじゃないけど、手術できるんなら持てるんじゃない？」

そう答えると、雅美は奇声をあげそうな顔になった。

「あのぬいぐるみは、みんなにもぬいぐるみに見えていたの……？」

それまで黙っていた佳世が、変なことを言い出した。

「ぬいぐるみだよ」

「そうなの⁉」

「なんだと思ったのよ⁉」

「あたしにだけぬいぐるみに見えてるんだと思ってた。変なこと言わないように我慢してたの」

「……サインしちゃったのに」

雅美の顔がどんどん渋くなる。

「こんなことが起こるなんて、思わなかったよー」

佳世の言葉は本心なのだろう。

「でも、成功率高いみたいだから、平気だよ、お兄ちゃん!」

すごいポジティブな奴だな、我が妹ながら。

「本当にダメなら、病院つぶれてるはずだもん!」

「それもそうね。あんなにあからさまだと、何かあったらすぐにわかるもんね」

勢一は自分がずっと一人で悩んでいたのがバカみたいだと思った。


そんなこんなで入院日になってしまった。

生まれて初めての入院で、妙な緊張感に包まれる。明日手術だから、長いことここにいるわけではないのだろうが、慣れない場所にいることはやっぱりストレスだ。

病室は四人部屋で、二人は外出中、あとの一人は寝ているのかカーテンが閉まったままだった。同室の人ともまだほとんど会話をしていない。一応挨拶《あいさつ》はしたけれども——。

ゆっくりする間もなく、看護師さんと麻酔医がやってきて、明日の手術の確認が行われる。雅美も一緒に聞いていたが、同意書の時と違って、質問などをしている。もう迷ってはいないのだが、とにかく落ち着かなかった。これはもう、誰にでもあることと思われる。なんともなかったら、その方がおかしいかないか?

「ねえ、本当に大丈夫なの?」

麻酔医たちが帰ってから、雅美が心配そうに言う。この「大丈夫」はやはり山崎先生に対してだと思うが、

「平気だよ、多分」

としか勢一も言えない。もう賽《さい》は投げられたのだ。大げさに言えば。雅美は納得しきれない顔をしていたが、それ以上は何も言わなかった。

ベッドに横になってみる。このまま横たわっていると眠ってしまいそうにも、まったく眠れなさそうにも思えた。旅行などではいつもどおりに眠れるのだが、病院はどうなんだろう——。

その時、看護師さんが病室へ入ってきた。

「荒賀さーん」

「あ、はい」

あわてて起き上がる。

「執刀医の山崎先生が見えましたよ」

えっ、ほんと⁉

カーテンを開けてベッドの端に座り直すと、部屋の入り口から白衣を着た小さなぬいぐるみがとことこと歩いてきて、勢一に黒ビーズの目を止めた。

「こんにちは、荒賀さん」

「は、はい、こんにちは……」

「あ、お休みのままで。お時間は取らせませんから」

しゅっと手を上げてそう言うと、ペコリと頭を下げた。

「明日の手術、よろしくお願いいたします」

「いや、こちらこそよろしくお願いします」

雅美はポカンとしているばかりだ。固まっているのか？

「何か訊き忘れたことなどはありませんか？」

訊き忘れといえば――忘れたわけじゃないけど、あのケーキ店のことだ。いや、もっとたくさん訊きたいことはある。この間は説明を聞いていただけだし、雅美や佳世の反応が気になっていたから少し冷静だったのだが、いざこのように面と向かうと、頭が真っ白になる。やっと思いついたのは一つだけだった。

「いや、あの……ケーキのことを……」

雅美が小さな声で、「ケーキ!?」と言った。

「ケーキ？　甘いもの、お好きなんですか？」

山崎先生が質問する。「ケーキ」じゃなくて、「ケーキ店」のことを訊きたかったのに、

「はい……」

と返事をするしかない。でも、嘘じゃない。好きは好きだ。どこの何ケーキが好きとか、そういうのは全然わからないのだが、甘いものは和菓子も洋菓子も好きだ。そういえば、最近食欲がないから全然食べていないな。

「手術が終われば、好きなものを食べられるようになりますよ」

あ、それはうれしい。前のように忙しいからって無理な食生活はできないだろうが、雅美も協力してくれると言っている。好きなものはたまに食べるくらいがちょうどいいんだろう。

「ケーキなら、この病院の近くにとてもおいしいお店がありますよ」

そこか。そこにいたのか、この間は！　いや、店自体は勢一も知っているのだが。

「そうなんですか？」

なぜかそれに食いついたのは雅美だった。

「なんてお店ですか？」

山崎先生が答えた店名は、まさにあのかわいらしいケーキ店だった。

「お茶もおいしいんですよ」

そう言われて雅美は目を白黒させていたが、店名はちゃっかりメモっていた。

「あのう……先生、は、なんのケーキがおすすめなんですか？」

そんなことまで訊く勇気が出てきたらしい。

「僕はチーズスフレケーキが好きですね」

あの日食べていたのも、それなんだろうか。

「おいしそうですね」

雅美はニコニコしてそう言った。おそらく今日の帰りに寄っていくな。

「もう少しの辛抱《しんぼう》ですからね」

山崎先生が背を伸ばして、勢一の指先にそっと手を添《そ》える。冷たくも温かくもないが、

布の柔らかい感触が心地いい。見上げている点目を見つめ返し、

「はい」

と返事をした。

「じゃあ、明日に備えて、ゆっくり休んでくださいね」

そう言って、山崎先生は病室から出ていった。ドアのすきまから、

「山崎先生！」

と呼び止める声が聞こえ、若い医師がぞろぞろついていくのが見えた。おお……テレビで見た「教授の回診」みたいだ。

同じことを考えていたのか、雅美と目を合わせて笑ってしまった。

早めの夕食を取ったあとに雅美は帰っていった。明日また佳世と一緒に手術につきそってくれるという。

何もする気が起きないので、早々とベッドに横になる。仕事の調整もあったし、家ではいろいろ考えてしまい、ずっと睡眠不足だった。病院は相変わらず静かだったが、静かすぎるというほどでもなく、ほどほどの音があった。人がゆっくり歩く音、遠慮がち

にしゃべる声、誰かの咳《せ》き込む音、遠くの笑い声——。

それらを数えるように聞いていたら、あっさりと眠ることができた。夢も見たように思う。なんだかとってもファンシーなケーキを食べていたような。

食い意地が張っているのか、それとも山崎先生と話したせいなのか、よくわからないけれども。


翌日の手術は、はっきり言って期待はずれだった。

だって、手術中の山崎先生を全然見られなかった！　静脈麻酔をされていたし、声はかけてくれたけど、姿はまったくわからなかったし、気がついたら終わっていた！

これじゃあ、人に手術されても同じじゃないか——と麻酔から覚めてぼうっとした頭で考える。なんて自分勝手な言い分だろうか。あんなに「ぬいぐるみに手術されるなんて！」と思っていたのに。

なんだかすべて杞憂《きゆう》に終わった感じだ。

そのあと、一度も山崎先生に会わなかったのも、そんな気分を後押しした。思ったよりも、ずっと早く退院してしまったし！

何日かたつと、もしかして入院する前の出来事は、自分の夢か妄想《もうそう》なんじゃないかと思い始めた。ぬいぐるみが手術するなんてことはなからなく、最初から人間の医師しか関わってなくて、あんな驚きの存在はどこにもなかったって。

しかし、そんなことはないというのもわかっている。和田先生にしても看護師さんにしても、そして雅美や佳世でさえ、彼の話題を出すし、ぬいぐるみであることも受け入れている。

がん告知をされて、自分がどれだけ複雑な心境だったのか、よくわかる日々だったと思う。まだ本調子とは言えないが、手術は成功だと言われたし、確実に回復している今だからこそ、こんなことが考えられるんだろう。

執刀医とは、手術後に会うことはないらしい。それが普通だと知った時、ちょっとさびしかった。雅美に言うと、意外なことに、

「また会えればいいのにねえ」

と答えた。

「教えてもらったチーズケーキ、買って家で食べたら、ほんとにおいしかったから、お礼を言いたかったのよ」

しれっとそんなことを！

「俺はまだ食べてないのに！」

勝手に食べたのかよ！　いや、食べるとは思っていたけど！　なんかくやしい！

「あなた食べられるわけないでしょ。しばらくは気をつかって食事もしないといけないのよ」

「そうだけどさ……」

「一、二ヶ月たてば普通に食べられるようになるって言われたんでしょ。もうちょっと待ちなさいよ」

経過がかなりいいので、そう言われてはいるが——なんとなく釈然《しやくぜん》としないのは、多分に子供っぽい言いがかりだ。あのケーキ店で食べる勇気なんか、全然ないくせに。食べるにしても、テイクアウトしたものを家で食べるだけだろう。

それでいいと思っていたのに、なんだろうか、この気分。

手術から二ヶ月たって、身体はほとんど元に戻ったようだった。

もちろん通院は続いているし、経過は何年かにわたって見なければならない。しかし、暴《ぼう》飲《いん》暴《ぼう》食《しょく》をしなければ、好きなものを食べられる。

ということで、例のケーキ店の前に、勢一は立っていた。

ケーキを買って帰ろうか。雅美は喜ぶだろう。退院以来、ここら辺には来ていないのだし。

しかし、やっぱりおじさんには敷居の高い店だ。たとえテイクアウトだとしても。売り場はけっこう混み合っている。女性ばかりだった。イートインスペースも満員のようだ。レースとフリルで彩られた窓から見えるのは女性かカップルばかり。

こんなに混んでいては入れない。だいたいここはいつもこんな感じだ。今日もまたあきらめるか——と、なぜかホッとしながら、向かい側のコーヒーショップへ入る。

いつかのように、窓際で楽しそうにケーキを食べる女の子たちをながめていた。あれ以来、コーヒーは飲んでいない。今日は温かいミルクティーだ。ここは紅茶もけっこういけるというのを、最近初めて知った。

女の子たちが席を立ち、しばらく空席になっていたと思ったら——山崎先生が窓際に現れた。

頬杖をついてぼんやりしていた勢一は、思わず姿勢を正す。先生はメニューをめくり、注文をしているらしい。なんだか楽しそうに笑っている。

楽しくかわいらしい光景だった。あの時と変わらない。以前と違うのは、先生はあの店が好きなんだというのが伝わってくることだ。

ああ、やっぱり彼は存在したんだな――と、勢一は心の中でつぶやく。手術以来会っていないから、真面目にあれは幻だったんじゃないか、と思い始めていたのだ。そんなこと思いたくなかった、と今気づく。

注文を聞いた店員が去ったのだろう。山崎先生はパタリとメニューを置いて、ふと窓の外に目を向けた。

ばっちり目が合ってしまった。「あっ」という彼の声が聞こえるようだった。あわてて会釈《えしゃく》をする。じっと見ていたから、わかってしまったんだろうか。

それで終わり、と思ったら、先生がみょーんと背伸びをした。窓に近づいたらしい。

そして、短い手でこっちに向かって「おいで」みたいなしぐさをした。

「えっ」

少し声が出てしまい、キョロキョロ見回す。誰も気づいていないようだ。

山崎先生はまだ「おいで」をしている。

ほんとに？　本当に勢一を呼んでいるのだろうか。行ってみてそれが勘違いだったらどうしよう。

しかし、ためらったのはほんの少しの時間だった。勢一は席を立ち、向かいのケーキ店へ入っていく。一応、店前で足を止めたけれど、「呼ばれたんだから！」と開き直る。

「いらっしゃいませー」

高く澄んだ声に迎えられて思わず怯《ひる》む。なんと店員さんの制服もとてもかわいい。ケーキもたくさん、きれいに並べられていて、すぐに入ったことを後悔した。

……いや、きれいに並んでいるのはケーキ店だから当たり前なのだった。あまりにも自分が場違いなもので、つい卑屈《ひくつ》になってしまう。

「荒賀さん、こっちこっち」

イートインスペースから、山崎先生が呼んでいる。よかった、勘違いじゃなかった。

「どうぞ、座ってください」

窓際の席に二人で座る。点目と向かい合って座ってからハッと気づく。ぬいぐるみとおじさん。おじさんが加わることで、かわいいケーキ店とは正反対の怪《あや》しさしかない組み合わせに。

イートインスペースは、想像以上にかわいらしかった。テーブルには白いフリルつきのクロスがかかり、椅子もすべて猫足、レースのカーテンはリボンで美しくまとめられ、壁に飾られた絵やリースもオリジナルのものらしい（と説明書きが壁にあった）。ピンクと白の洪水に、勢一は圧倒される。

さらにヤバいことになった、と冷や汗が出てくる。

「お久しぶりです。お身体の調子はいかがですか？」

しかし、山崎先生は何も気にしていないようだった。

「もうすっかりよくなりました。あ、手術の時はありがとうございました」

直接お礼も言えなかったので、それも気になっていた。

「いえいえ。何事もなく終われば、わたしの役目は終わりですので」

「いらっしゃいませー」

若い女性店員さんが水とメニューを持ってきた。販売の人とまた違って、メイドさんみたいな格好をしている！

「ご注文は？」

あわててめくると、色とりどりのケーキに圧倒されてしまった。名前もよくわからない複雑なものばかり……。

「ええと、チ、チーズスフレって――」

「はい、こちらです」

飾り気のないシンプルなケーキだった。

「これ、おすすめなんですよね？」

「はい、おいしいですよ」

「じゃあ、これのセットで――紅茶を」

「はい、かしこまりましたー」

店員さんはニコニコと注文を取っていった。山崎先生のことは特に気にしなかったようだが――やはり常連？

「あの……よく気づきましたね、あそこにわたしが座ってるって」

向かい側のコーヒーショップの席は確かに丸見えだ。

「目はいいんですよね」

あっさりと答えられた。内視鏡手術って、モニターを見ながらやるのだけれど……目がよくなくちゃできないよな、と考えていた。いや、どの手術もそうだろうが、あの黒ビーズ——どういう仕組みなんだろうか。

「呼びつけたみたいになって、すみませんね」

どう切り出そうかと思ったら、自ら言ってくれた。なぜ自分を呼んだのかって。

ちょっと何かの導きかも、とか思ったのだ。最初に会った（見た）時と同じシチュエーションだし。自分の記憶が補完《ほかん》されて、何かの道でも開けたのだろうか、と。

ありていに言えば、これは運命かもしれない、と考えたのだ。

が、

「ここのチーズケーキは本当においしいので、知り合いがいるとつい呼んでしまうんです」

……勢一が考えていることとは違う方向に話は進む。ケーキのこと？

「甘いもの好きな人限定ですけど」

「あ、それで……」

「もう甘いものも食べ過ぎなければ食べられますものね」

「はい」

食欲は割と戻ってはいるけれど、好きなものを食べるというより、栄養をちゃんと取って、胃に負担をかけないように、ということばかりを考えていた。

「おまたせいたしましたー」

チーズスフレケーキがやってきた。表面にきれいな淡い焦《こ》げ目がついている。思ったよりも小ぶりだったが、みっしり身が詰まっているようだった。

「どうぞ」

「じゃあ、いただきます」

一口大に切って、口に入れる。

「あ、おいしい――」

もっと重いかと思ったが、溶けるような軽い口当たりだった。味わいはクリームに近く、チーズの酸味があとからふわっと漂《ただよ》い、とてもさわやかだ。

小さいのが惜《お》しい。もっと食べたいと思った。でも、これくらいの方が、きっと楽しんで食べられるんだろう。以前なら、もう一つ食べてしまっていたかも。家に買って帰っていたら、そうしてしまっていたかもなあ。

紅茶も色が薄いのだが、飲んでみるとすごく味が濃くてびっくりした。ケーキの甘さが引き立つ。お茶の香りをこんなに意識したのも初めてだ。

「ケーキもお茶もおいしいですね」

言われたとおりだった。

「そりゃよかった！」

山崎先生は、まるで自分がほめられたように喜んだ。

「このお店は……山崎先生のお知り合いのお店なんですか？」

自ら宣伝をしているようなものではないか。知り合いを呼びこんだりして。

「いいえ。ただ単においしいから好きなだけです」

「え、それだけで……？」

それだけって言い方もなんだが。

「うーん……」

山崎先生は、腕を身体の前でクロスしてうなった。ぎゅっと全身にシワが寄る。おそらく腕を組んでいるのだろう。

「実はそれだけではありません」

ようやく何か重要なことが明かされる⁉

「なんなんでしょう？」

「このお店ね――あまりにもかわいすぎて、僕は少し気が引けるんです。一人で入ってると」

そう言われて、勢一はあっけに取られてしまった。その外見でそれを言う⁉　あなたがダメなら、誰でもダメだろ、と思う。女の子だって負けそうじゃないか！　ここにいる誰よりも似合ってるだろ⁉

と叫ぶことはできず、

「えー、そんなことないですよ――」

としか言えなかった。

「いや、僕はね、ちょっと古ぼけてるんですよ。ここはなんかこう……もっと新しいぬいぐるみじゃないと合わない気がして」

もはや反論不可能だった。ぬいぐるみの悩みは人間の斜《なな》め上だ。

そう思ったら、なんだか笑えてきた。

「あっ、やっぱり変ですよね……」

「いや、変じゃないです」

変じゃない。悩みなんて、みんなそれぞれのものでしかないってことだ。

山崎先生はぬいぐるみだけど、山崎先生だから。山崎先生の悩みがあり、勢一には勢一の悩みがある。

「わたしも、おじさんだから、ここには入れないって思ってました」

自分の悩み――思いはそれだけではないけれど、こうやって入って、先生としゃべっていると、そんなに気にならなくなってくる。

「でも、ケーキもお茶も、本当においしいです」

「食べられるようになって、よかったですね」

そうだった。それを可能にしてくれたのは、このぬいぐるみだったのだ。あの時は、窓の外から見ているのに――今はこうして一緒にいるなんて信じられない。

「ありがとうございました」

勢一は、もう一度お礼を言った。

頭を上げた時、ハッと気づく。この光景を外から誰かが見たら――やはり窓際で人形劇をしていると思われるんだろうか。この脇役（相手役？）のおじさんの位置づけは何？

思わずフリフリカーテンの陰に隠れるように、身体を後ろに傾けた。向かい側のコーヒーショップをのぞく勇気はない。誰かが見ているにしても、山崎先生のことだけを憶えていればいい。

どこかの誰かが、少しでもいやなことを忘れられるように、ほんのちょっとでも笑えるように――あ、そういうことならば、自分の位置づけも多少の意味があるかも。おじさんとぬいぐるみは、なかなか笑える組み合わせだ、と勢一はひそかにほくそ笑んだ。

妄想の種

「宮本《みやもと》さん、あなたには山崎先生の手術の時に入ってもらうことにしています」

看護師長に言われて、桃香《ももか》はうわずった声で、

「はいっ」

と返事をした。

以前から手術室付きの看護師になりたいと思っていた。まだまだ新米であるが、今月から研修として入れることになったのだ。桃香が勤《つと》める病院の方針で、病棟《びょうとう》の看護をやりながらなのだが。

補佐で入ったことはもちろんある。外科手術に初めて立ち会った時は、緊張と初めて見る生々しい施術《せじゅつ》に貧血を起こしてしまったが、さすがに今は慣れた。器具の準備などもまだ手伝い程度だが、これからはまかされることになるだろう。緊張する……。

しかも山崎先生だ！

彼はうちの病院の医師ではないのだが、消化器系《しょうかきけい》内視鏡腹腔鏡手術のエキスパート

で、県内でも随一《ずいいち》と言われている。手術設備や手術用専用ロボットのある病院を巡って、一日何件も手術をこなしているという。うちは個人経営の病院だが、手術施設は充実しているので、いい先生を呼べるのだろう。

ただ、お忙しい先生なので、来てすぐに手術を始めて、終わると風のように帰ってしまわれるらしい。

しかし、一つ気になることがある。

山崎先生……フルネームが「山崎ぶたぶた」というのだ。

なんでこんな名前なんだろう。山崎はもちろん普通だけど、下の「ぶたぶた」は……かわいいけどペンネームなのかな？　まさか本名じゃないよね？

先輩にたずねてみたいと思っているのに、いつも忙しくて忘れる。でもまあ、おそらくはペンネームだとほぼ確信している。本もきっと出ているんだろう。多分、子供向けか小児科向けの本。調べたことはないけど。

あっ、これからはよく顔を合わせることになるんだから、読んでおいた方がいいのかな⁉　これは忘れてはいけないことかも。桃香はメモ帳に書いておき、昼休み、休憩室で先輩にたずねた。

「あのっ、山崎先生の本を読んでおいた方がいいんでしょうか？」

「山崎先生の本？」

「ええ、何か出されてるんでしょう？」

「山崎先生って、内視鏡の？」

別の先輩が話に加わる。

「そうです。今度、手術のお手伝いをするんで――」

「えー、本は聞いたことないなあ」

「出してるんならあたしも読みたい！　誰か知らない？」

その場にいた人に訊いてくれたが、誰も知らなかった。

「そうなんですか……」

残念ではあったけれど、ある意味ホッとしたというか……忙しい中、どうやって本を読む時間を作るのか、というのはけっこうな問題だったりするから。

「どうしてそんなこと思ったの？」

「だって、山崎先生って、下の名前が『ぶたぶた』さんじゃないですか。それってやっぱりペンネームかなと思って」

そう言ったとたん、一瞬その場がしんとなり、

「ああー」

と納得したような声を出してみんなが顔を見合わせた。

「ペンネームか本名かは知らないけど、山崎先生は本を出してないと思うよ」

「そうですかー」

ちょっと微妙な空気になった気はしたが、誰も説明してくれなかったし、そのあとものすごく忙しかったので、桃香は忘れてしまった。


山崎先生の手術当日の朝、ミーティングルームへ入っていくと、テーブルの上に桜色のぶたのぬいぐるみが置いてあった。

バレーボールくらいの大きさで、突き出た鼻と黒ビーズの目がかわいい。大きな耳の右側がそっくり返っていた。しかも、白衣着てる！　すごい、サイズぴったりじゃん！　なんだろう、新しいマスコット？　小児科に置くのかな。渋い色とデザインに、ちょっと欲しいと思ってしまった。

「あっ、おはようございます」

ん、どこから声が？　え、まだ自分以外、誰もいないけど……。

「新しい方ですよね？　お名前は？」

声のする方へ顔を向けると、そこにはぬいぐるみしかいない。と、突然それが立ち上がった。えっ、置いてあるだけだと思ったのに！　自分で動いたよ！

「あ、わたし、内視鏡手術を担当する山崎ぶたぶたです。よろしくお願いします」

そう言って、ペコリと頭を下げた。

桃香は、呆然と立ちすくんだ。え、夢？　初めての手術室付きで緊張のあまり、すごくリアルな夢を見ているのかもしれない。でも、このぬいぐるみは全然リアルじゃない……。

はっ、ほっぺたつねってみなくちゃ、すごーい、やったことないよー、と思ったけど、なぜか腕が動かない。これはあれか、夢の中で逃げようとしても、足が動かないのと同じか！

桃香は目の前のぬいぐるみがゆっくりと首を傾《かし》げるのを見た。

その時、ドアが開いて、どやどやと人が入ってきた。

「あっ、山崎先生、おはようございます！」

研修医たちが、突然しゃちほこばって口々に挨拶をする。

「おはようございます」

ぬいぐるみは一人一人に頭を下げて挨拶をする。鼻がコクコク動いてるだけに見えるが。

「今日はよろしくお願いします」

「こちらこそ、手術見学させていただきます！」

えっ、ほんとに⁉　ほんとにこのぬいぐるみが、山崎ぶたぶた先生なの⁉

桃香はあわてて頭を下げた。

「宮本桃香です、よ、よろしくお願いします」

「宮本さんね、こちらこそよろしく」

ぬいぐるみ——山崎先生も頭を下げたが、誰よりも腰が低かった。というより、誰よりも小さかった。

他の先生方や師長たちも入ってきて、ミーティングが始まる。なんと！　誰もぬいぐるみ先生のことを気にしていない！　知らなかったの、あたしだけ⁉

微妙な顔をした先輩たちは、知ってて教えてくれなかったの⁉　でも、ちゃんと教えてくれても、あたしは信じただろうか？

「じゃあ、始めますー」

朝のミーティングが始まった。いけない、メモを取らなきゃ！　とわかっていても、ぬいぐるみから目を離せない。なんと、今日の手術の説明を始めたのだ。いや、執刀医だから当たり前なんだけれども！

モニターの画面を指し示して要点を説明する声は、どう聞いてもベテランの中年男性医師そのものなのだが、目に入ってくるのがぬいぐるみという事実に、桃香はついていけなかった。

でも、ついていかないといけないのだ。今日が初めての手術室勤務なんだし、まだ研修とはいえ、手順を間違えたら大変なことになる。

必死にぬいぐるみ——山崎先生を見ないようにして、必要なことをノートにメモする。ミーティングは効率よく短時間で終わった。山崎先生の手術の数、普通よりもずっと多い……。

はー、ぬいぐるみごときでびっくりしているヒマはない。

さっそく手術室看護師の主任に、

「患者さんを連れてきて」

と言われた。

「は、はい」

患者さんをお連れするのはいつも普通にやっていることだけれど、手術前のことだと思うと緊張する。

「あ、僕も行きます。患者さんにご挨拶しますんで」

なんと山崎先生がそんなことを言いだした。


先に立って山崎先生はちょこちょこ歩いていた。

よく見るとしっぽがあった。くるんと結ばれているだけなんだ。手足の先には濃いピンク色の布が張ってあって、ひづめみたいになっている。そういうところはものすごくぬいぐるみなのに――どうして自分の足で歩いているのか。

「今日はいい天気でよかったね〜」

とか普通に話しかけてくれるし。

「はい……」

緊張となごみが入り交じる。どう受け答えしたらいいのか迷っているうちに、病室に着いてしまう。

「失礼します」

と声をかけて入ると、手前のベッドに寝ていた六十代くらいの女性患者がにっこりと笑いながら、

「あっ、ぶたぶた先生！」

とうれしそうに言った。うっ、「ぶたぶた先生」の破壊力がすごい……！　できたら自分もそんなふうに呼びたいが、仕事中はきっと無理に違いない……。

「判田《はんだ》さん、おはようございます。ご挨拶が遅れてすみません」

「そんなー、先週会ったじゃない」

判田さんがにこやかに言う。

「今日はよろしくお願いします」

「こちらの方こそ、お願いします」

大きさが全然違う二人が頭を下げあっている光景がおかしい。片方はベッドに正座して、片方は床に立ってなので、視線が嚙《か》み合わない。

「手術室にお連れしますね」

判田さんを車椅子に乗せて、病室を出る。

山崎先生は先に立って歩きながら、判田さんと雑談をして笑わせてあげている。

「この間いただいた山菜、おいしかったですよ」

え？　ぬいぐるみなのに——口はどこにあるの？

「どうやって食べたの？」

判田さんが桃香の疑問をそのまま口にしてくれた！

「天ぷらにして」

いや、違う。そんな答えを期待したんじゃない。

「やっぱり天ぷらが最高よね。ちょっと甘みが出るから」

しかし、判田さんは当然のように話を続ける。

「おひたしにもしましたけど、苦みが強くなりますね」

「それがお酒に合うのよ」

普通の世間話のようだが、片方は人間、片方はぬいぐるみで、しかもぬいぐるみに手術されるのは人間の方だというのに、山菜の料理法について談笑しているという——そのシュールすぎる光景に、桃香はしばし呆然としたが、手術室が近づいてきて我に返る。忘れていた緊張感が容赦《ようしゃ》なく襲ってくる。

「緊張してますか？」

と声がして、飛び上がりそうになったが、彼は判田さんに言っていた。

「緊張してても、ぶたぶた先生だから平気よ」

むりやりの笑顔のようにも見えたが、その言葉に嘘はないように思えた。

手術室に判田さんを入れて、準備を始めると、山崎先生を観察している余裕などどこにもなくなる。それぞれ準備の手順も違うし、とにかくよそ見などしてミスしたら大変だ。

判田さんに麻酔を施《ほどこ》し、準備がすべて整うと、手洗い（？）をし全身手術着というか、布やシリコンやゴーグルなどにくるまれた山崎先生が入ってきた。

ち、ちっちゃ！　何これ、おくるみかよ、と心の中でツッコむ。ゴーグルの向こうの点目の凶暴なまでのかわいさに、桃香は悶絶《もんぜつ》しそうになった。写真撮りたい！　SNSに載せたら、ものすごいことになりそう！

もちろん、そんな場合じゃないとわかっているけど、妄想は止められない。そのかわいらしさと小ささと、誰も笑わない大真面目な雰囲気が全然そぐわず、桃香は笑いそうになるのを必死にこらえる。

研修医が手術台の横に台を置いた。手術時に身長を合わせるための台は常に用意してあるけれども、こんなに高いものは初めて見た。

内視鏡の電源が入り、ベッドの脇の大きなモニターに映像が映し出される。

それを見つめる点目が鋭く感じられるのはなぜなのか……。ビーズなのに。

緊張しすぎと笑いをこらえているせいで、顔がマスクの下で異様に強張《こわば》っているのがわかる。

「大丈夫？」

え、誰かが声をかけてくれた？

顔をあげると、山崎先生の点目に射抜かれる。え、もしかして？

「初めてなんでしょ？　大丈夫、指示をよく聞いてそのとおりゆっくりやってくれればいいからね」

布に包まれた鼻らしき場所がもくもく動く。

そんなことを言われると……ぬいぐるみにだけど……なんかいろいろ通り抜けて、泣きたくなってくる。もちろん、それもこらえた。

判田さんは比較的早期の胃がんなので、腹部《ふくぶ》に開けた穴から内視鏡を入れ、その映像を見ながら先についたメスやクリップなどを使ってがん細胞を切り取る、いわゆる腹腔鏡手術が行われた。

高い技術が必要とされる手術だが、それでもこれだけ速い人は見たことがなかった。正確だが躊躇もなく、大胆に、だが的確に腫瘍《しゅよう》を切除していく。

モニターだけ見ていると、ぬいぐるみがやっているとはとても思えない。しかし視線を下に落とすと、彼にとっては重そうというか、持ち上げるのすら無理そうな内視鏡のハンドルのレバーを巧みに操る山崎先生が。あの指すらないひづめのような手先で、どうしてこんなに繊細《せんさい》な手術ができるのか。

桃香は言われたとおりのことをするので精一杯だというのに。

研修医たちは、固唾《かたず》をのんでモニターと手元を見比べている。しかし……言っちゃ悪いが参考になるんだろうか。あ、でもモニターの映像がメインだからね。それは誰が見ても、きっと「すごい」って思うよね。

……何を言っているのか、自分でもわからなくなってきた。

そして、通常の時間の三分の二程度で手術は終わった。

時計を見てびっくりする。だからこんなにたくさん手術のスケジュールを入れられるんだ。

「お疲れさまでした。あとはよろしくお願いします」

山崎先生はペコリと頭を下げると、手術室を出ていった。

「すごい……」

思わずつぶやくと、研修医の先生が、

「すごいよね。いつもそう思うんだ」

と興奮気味につぶやいた。

「いつもあんな感じなんですか？」

「そうだよ。すごく速くて、なのに丁寧で。いろいろ気遣ってくれるし」

あたしみたいな新人にも声をかけてくれた。

「すぐに出ていったのも、別の手術室にすぐ入るためだよ」

きついスケジュールをそんなふうにこなしているんだ。

あまりにも完璧すぎて、なんだか現実のこと――もの？　いや、人？　とは思えない。何もかも夢だったんじゃないか、と思ってしまった。まさかミーティングルームからずっと？

早く覚めてほしいような、覚めてほしくないような。


しかし夢などではなく、その日は午後も二回ほど山崎先生の手術の手伝いをした。

彼はぬいぐるみである以外は本当に完璧だった。手術が始まる前の患者さんに優しく声をかけ気遣いや励《はげ》ましを忘れず、研修医や看護師にも穏やかで冷静な指示を出し、間違えても怒鳴ることは絶対にせず、短く注意をして引きずらない。

いったいどこにいたの、あんな先生。全然知らなかった。

夜勤の合間に、先輩にまたたずねてみる。

「山崎先生って、どこの病院にいるんですか？」

桃香がまた山崎先生の手術に入れるのはひと月後なのだが、あれ以来何かにつけて思い出すようになってしまい、いろいろな疑問も浮かんできた。妄想ばかりしてしまう、というべきか。

「山崎ぶたぶた先生？　確か、何人かの先生と診療所をやってるって聞いたけど」

「へー。そうなんですか。小児科ですか？」

「ううん、違うはず。なんでそんなこと思ったの？」

「だって似合うじゃないですか」

「あー、それは確かに。子供の受けいいから、実際に」

「やっぱりそうですよね！」

子供に囲まれてるところを見てみたい！　すごくかわいいんだろうなあ。

「大人気のクリニックになりそう」

「そうだねえ。けど、小児科だとああいうふうに別病院でバリバリ手術している先生って感じじゃないんじゃない？」

「あ、そうか」

病院に行っても彼に会えないんじゃ、子供たちもがっかりだろう。あ、じゃあこっちはどう？

「もう一つ想像してたのは、日本中を回って手術しまくってるとか」

自分のクリニックは人にまかせて、とか。あるいはフリーでとか。

「手術はどのくらいの頻度《ひんど》でしてるんでしょうね？」

「最低週に一回はどこかの病院に行ってるらしいよ。上手な先生だからね」

「いろんなところに行くんですかね？」

さすらいの内視鏡医って——なんかかっこいい！……かな？

「あんまり遠くには行かないみたいよ。県内ばかりって聞いたことあるけど、本当かどうかわかんないな」

県内であっても飛び回っているのはすごいな——どうやって行ってるんだろう。普通なら車じゃないとなかなか移動は大変だけど——。

あ、でも、きっと一人じゃないよね。他の先生と一緒とか、看護師がいる場合もある——かも？

まさか車の運転までできたら——完璧を通り越して、異次元の存在ではないか。別世界の医師のようだ。

いや、本当にそうなのかもしれない。あたしは、ちょっとだけ異世界の病院にお邪魔して、手術を手伝ったのかもしれない。

そう想像していると、なんだか楽しくなってきた。最近、忙しくて疲れているけど、たまにはこんなことを考えるのも楽しい。山崎先生は格好の妄想の種だった。誰にも言えない、言わないけれども。

「あ、個室の松信《まつのぶ》さんが呼んでる」

「あたし、行ってきます」

今日入院した松信さんは、ひどく興奮していた。明日山崎先生の手術を受ける予定になっている人だ。

眠れなくて泣きだして、過呼吸の状態になってしまったらしい。

「すみません……」

申し訳なさそうに謝る松信さんをなだめる。

「明日の手術が怖くて……」

「みなさん、そうおっしゃいますよ」

彼は五十代の男性患者で、昼間会った時は落ち着いているように見えたのだが。

「眠れないのなら――」

お薬出しましょうか？　と言おうとして、時間的に大丈夫だろうか、と計算する。

松信さんは首を振った。

「怖くて……」

シーツをぐっとつかんで、泣くのを必死に我慢しているようだが、涙が止まらないようだった。

「あの……」

おそるおそる桃香を見上げる。

「はい、なんでしょう？」

「こんなこと言うのは、本当に申し訳ないんですが……ずっと言えなくて……」

「言ってみてください。言えなくてご気分悪かったでしょう？」

それでも彼はなかなか言えず、しばらくしゃくりあげていたが、ついに、

「今からでも、執刀医の方を変えてもらえるってできるんでしょうか……？」

切れ切れにそんなことを言った。

「明日手術する先生が……ぬいぐるみだって知ってから、ずっと気になっていたんですけど、言えなくて……どうしても受け入れられなくて……」

こんなようなことを泣きながら訴え続ける。

本来ならば、とりあえず「山崎先生なら大丈夫ですよ」と言うところだ。実際に手術を見て、今まで見たどの人よりも上手な先生だったから、松信さんにとってもそれが最良のことだと言える。だが、桃香は一瞬迷ってしまった。

それにショックを受けた。

「本当にぬいぐるみが手術するんですか？」

よく考えたらすごい質問だ。

「はい」

「そんな……ぬいぐるみに手術されるなんて……」

そうくり返して泣く彼に、それ以上何も言えなくなってしまった。

だって、ぬいぐるみだから。「本当にできるのか？」と思っている何も知らない患者さんにいくら説明しても納得させる自信がなかった。

「……明日、先生に訊いてみますね」

そう返事をしてなだめて、少しつきそっていたら、松信さんは落ちついたのか眠りについた。

ホッとしてナースステーションに戻り、先輩に報告すると、

「山崎先生の時にはたまにあるみたいねー」

と慣れた調子で言われた。桃香は初めてだったが、いざとなると怖くなる人は、今までもいたんだろうか。

もし自分が手術するとなったらどう考えるだろうか。

客観的に見ると、彼のような腕前の先生に手術してもらえるならラッキーと言える。でも、それはあくまでも傍観者《ぼうかんしゃ》としてのことだし、ぬいぐるみに手術してもらった経験はもちろんない。初期のものでもがんは患者にショックを与えるものだし、医師の話が耳に入らない人もいる。

でも、松信さんはそういう人ではなかった。担当医師のことを信じて、手術を受けるつもりだったのだが、心の奥では怖がっていたのだろう。

「でも、人間の先生に対しても『いやだ』って言う人はいるからね」

先輩は言う。「それもそうだ」と思ったのだが——桃香のショックは、とっさにそう考えて行動できなかった自分に対してのものだった。山崎先生のことをまだよく知らないというのは言い訳にすぎない。

これまでは機械的と言ってもいいくらいできていたことができなかったことに、桃香は落ち込んでいた。

結局松信さんは、順番を後ろの方に回して翌日手術を行った。

当日の朝早く、山崎先生が担当の先生と彼の元に赴き、ゆっくり話して説得したらしい。

それも実は普通にあることだ。山崎先生だと特別なこととつい感じてしまう。

「あ、先日はどうもー」

日勤日《にっきん》に、担当の先生が声をかけてくれた。

「あ、いえ。松信さん、経過も特に問題なくて」

順調に回復しているので、もうすぐ退院らしい。手術前日、泣いていたのが嘘のようだった。

「どうやって説得されたんですか？」

「僕は特に何も。山崎先生は人を説得したり、なごませたりするのもうまいからね。我慢強い患者さんだったから、いろいろ溜めていたものを吐き出させてあげたみたいですよ。僕が話を聞いてもらいたいくらい」

なごませたりするのがうまいのか――あたしも話がしてみたい。ゆっくり話をするチャンスなんて、ないだろうけど。

「たまに手術を延ばすこともあるんだけど、それは別に山崎先生に限らないし、断る人は執刀医が山崎先生の時点で断るからね」

……それは、ぬいぐるみだから、なんだろうか。それを訊くのは不躾《ぶしつけ》な気がして、何も言えない。

ぬいぐるみで優秀な医師、という山崎先生の存在は、桃香の気持ちをたまに揺さぶる。それもまた、彼がぬいぐるみであるからなんだろうが……そんな気持ちを抱いていいものかどうか、いつも戸惑うのだった。

そのあと、山崎先生とは何度も顔を合わせた。顔というか、主に点目と。手術着を脱いだ時にぴょこんと飛び出す耳に萌《も》えてみたり。それが好きな人が、男女問わずいたりするのが面白い。

緊張する手術室勤務だけれど、山崎先生に会えると癒《い》やされる。それだけでも希望してよかった。

でも、何もかも順調にはいかないものなのだ。

やはり日々の疲れが溜まっていたのか、ある日、失敗をしてしまった。器具の出し忘れだ。すぐに気づいたし、まだ手術の前だったし、出し直しも間に合ったのだが、それを少し苦手な先輩に見つかってしまい、ネチネチと小言《こごと》を言われてしまった。

失敗をしたのは自分だし、聞いている間はじっと何も言わずに頭を下げていた。先輩の小言はなかなか終わらない。なんだか関係ないことまで文句を言われている気がする。やっと先輩が行ってしまうと、突然緊張の糸が切れたようになった。トイレに駆け込み、泣いてしまう。

泣くと少し落ち着いたし、仕事もちゃんとこなした。でも、気は晴れない。勤務時間のあと、桃香は駅とは反対方向に歩き出した。

こんな時は、おいしいものを食べて忘れてしまおう。

評判のうなぎ屋さんへ行ってみることにする。住宅街の中にある小さなお店らしい。うなぎは大好物だが、高いのでめったに食べられない。でも今日はいいのだ。自分を甘やかしたい気分。明日は休みだし、お酒も飲んじゃおうかな。

少し迷ってたどりついたお店は、こじんまりとした木造家屋《かおく》のようだった。これはなんだか期待大だが――はたと気づく。

いい匂いがしない。うなぎ屋さんなのに。え、もしかして、休み？

入り口に近寄ると、張り紙がしてあった。

「『本日臨時休業』――えええええーっ」

そんな……何かあったら、ここへ行くって決めていたのにっ。うなぎを食べて、元気出そうと思っていたのにー！

「ええー、休業……？」

後ろでつぶやく人がいる。振り向くと、誰もいない。え、空耳!?　でも、聞いたことある声だった――。

はっとして下を向くと、山崎先生が立っていた。白衣を着ていなかった。は……裸!?

いや、ぬいぐるみとしてはそれはとても正しいのだが。

「山崎先生！」

「あれ、宮本さんもうなぎ食べに来たの？」

「はい」

宮本さん「も」って――彼もうなぎを食べるの？　ぬいぐるみなのに？

山崎先生が何か食べているところは、まだ見たことがなかった。手術室でかなり長い間一緒に過ごすけれど、そこでしか顔を合わさないし。まだまだ謎な人なのだ。

「ここはとってもおいしいんだよ。病院に来るたび寄ってるんだ」

勝手に何も食べないと思い込んでいた。妖精《ようせい》とか仙人《せんにん》とか、そういうファンタジーな存在としか思えなかったから、食べなくても普通に行動できると勝手に決めつけていた。

「お、おいしいんですか……？」

どうやって食べるんだろう？　口はどこ？　食べたものはどこに行くの？　トイレとかどうするの？――いろいろ質問が浮かぶが、訊く度胸《どきょう》は湧《わ》いてこない。

「そう。今日は残念だったねえ」

と本当に残念そうなシワが目と目の間に寄る。なんだかこっちも悲しくなってくる。

「はい、臨時休業なんて……」

ついてないなあ。

「うなぎ好きなの？」

「はい、とても好きです」

うなぎ貯金までしているくらいだ。今日こそそれを使う時っ、と思ったのに。

「ここは、焼き鳥もお酒もおいしいんだよ。今度来る時は、それも楽しんで」

「はい」

お酒も……飲むの？　お酒だけじゃなく、飲み物飲んだら身体が濡れてしまわないんだろうか。

「それじゃ、また」

山崎先生は、短い手を上げると、くるりと背を向けてスタスタと歩きだした。

「あっ、先生、待ってください！」

お忙しいだろうに、桃香はとっさに呼び止めてしまった。はっ、これって……人間の先生だったらやらないかも。失礼なことしちゃった⁉

しかし山崎先生は「ん？」と言いながら、振り向いた。特に気を悪くしているようには見えない。不思議とそれはわかった。よかったー。

「あの、お昼召し上がるつもりだったんですか？」

「まあ、軽くね。ここの親父さんにもずいぶん会ってないなと思ったから」

「そうなんですか……。どこか他でごはん召し上がるんですか？」

「いや、実は時間がちょっとあいたから来てみただけだったから、お腹はそんなすいてないんだ。あまりお腹いっぱいにすると手術の時に眠くなっちゃうし眠くなるんだ……。

「二時間後には病院に戻らないとだからね」

「どこで時間つぶすんですか？」

「うーん……バッティングセンターへ行こうかな」

「ええっ⁉」

住宅街の真ん中で、桃香は悲鳴のような声をあげた。ちょっとそれって——大丈夫なの⁉

桃香は山崎先生についていった。

バッティングセンターって行ったことないし、野球の経験もないけど……なんかこう、いろいろ悲惨な情景が頭に浮かんで、心配になってしまったのだ。ボールに吹き飛ばされたりとか、バットで殴られたりとか。それに、手術の前にそんな激しい運動とかして大丈夫なの⁉　手が震えたりしない⁉

うなぎ屋さんから二、三分のところに、緑色の網に包まれたそのバッティングセンターはあった。大きいのか小さいのかわからない。でも、二階建てになっているようだ。

「おー、こんにちは、ぶたぶた先生」

ヒマそうにしていたバッティングセンター受付のおじさんが、山崎先生に挨拶する。

他に客はいないようだった。

それにしても「ぶたぶた先生」ってほんとにかわいい。病院でも言えたらいいのに。

なんで言えないんだろう。今度誰かに訊いてみよう。

「久しぶりです〜」

「ゆっくりしてって〜」

あうんの呼吸——つまり、常連の雰囲気。あ、もしかしてこのおじさんに会いに来ただけで、バッティングはしないのかも、と思ったのもつかの間、山崎先生は普通にバットを選び始めた。

「えええええっ」

また叫びそうになって、こらえる。

「お姉さんはやらないの？」

おじさんにたずねられる。え、どうしよう……。こういう時でなければやるんだけど。

「ええと……」

「もしかして、やったことない？」

「はい」

「じゃあぜひやってみなよ〜。ストレス解消するよ〜」

「ほんとですか？」

「当たらなくても身体動かすだけでも解消するって。ぶたぶた先生の知り合いなら、このクーポンおまけしてあげるから、これでやってみな」

一回無料券をもらってしまった。一プレイ二十球。

「モロモロゆるく設定しておくから、適当にタイミング合わせて振ってみて」

と言われても、さっぱりわからないのであった。バッターボックスにどう立つのかさえ。ス、ストライクゾーンっていうのがあるのは知ってる。けど知ってるだけなので、おじさんにおまかせする。

「とりあえず、一発目はボールを観察するだけにしてみたら？」

山崎先生は、すでにバットを持っていた。自分の身体よりも四倍くらい長いものを。

それでも小さめらしい。桃香のバットは、おじさんが選んでくれた。重い……。何これ、こんな重いものなの？　山崎先生は、どうして軽々持ってるの？　振り上げてなぜバランスを崩さないの？

バッティングセンターでこんなファンタジーな気分になるなんて思わなかった。はっ、でも病院でだって感じていたことだ。内視鏡のハンドルをあまりにも巧みに操るのですっかり忘れていたけれども、やっぱり普通は何も持てない！

なのに山崎先生はバッターボックスへ入り、軽い感じでバットを振り回していた。飛んでくだろ普通は、と思ったが、なぜかそのようにはならないのだ。

「ぶたぶた先生のフォームは参考にならないよ！」

おじさんが言う。もっともだ。後ろからおじさんに指図《さしず》されて、やっとへっぴり腰でバットを構えた。

スパーン！

すごい音がした。ボール見えない！　桃香は目を閉じた。ひゃああっ、なんなの⁉

「まだあんたのボールは出てないよ」

おじさんのあきれたような声がした。山崎先生の方のボールだった。あ、そうですか……。

彼は振り上げたバットをピタリと止めて、バッターボックスに立っていた。見逃したわけだが、特にあわててもいない。やっぱり打ったりしないのかな。

それはともかく、

「えええ、あんなに速いの……？」

「ぶたぶた先生のはけっこう速いよ。あんたのよりもずっと」

「えーっ、どうして⁉」

「だってぶたぶた先生、ここの常連だからね」

それは薄々わかってた。

「でも、打てなかったですね」

「まあね。身長が低すぎるから、難しいんだよ」

子供よりも小さいんだから、ストライクゾーンとかそんなの関係なくないか？　いや、知ったかぶりなんだけど。

スパーン！

また見逃した。

「お姉さんのボール、そろそろ出そうか？」

「あ、ちょっと待って――」

山崎先生がどうするのか、しっかり見ていたい。

またボールが――出た、と思ったら山崎先生はぶんっ！　とバットを振って――。

「当たった！」

と思ったら、後ろに吹っ飛んだ！

「きゃあああっ！」

ものすごい勢いで飛ばされた！　大変だ！

思わず近寄ろうとしたら、先生はフェンスにバットを叩きつけ、その勢いで一回転して――見事に着地をした。バットがカラカラと床に転がる。

「おおお〜、いつもながらすごい！」

おじさんが拍手をしている。大喜びだが、いいの、こんな曲芸!?

「今日はうまくできたね」

と言いながらバットを拾い、バッターボックスに走って戻る。するとそこへまたボールが！

「うわあああっ」

思わず声が出る。また当たって吹っ飛んで、着地。素早くボックスに戻ってまた構えて——のくり返し。

「うわ～……」

華麗とも言えるその着地フォームには見とれたが、よく考えるとあれってバッティングじゃないよな……。なんなの、ただのジャンプ？　吹き飛ばし？　もっとかっこよく言いたいけど何も浮かばない……。

一プレイ二十球が終了して、半分ほどジャンプは成功したようだった。つまりバットに当たったということらしいのだが、やっぱりバッティングじゃない……別のゲームになってる……。

他の人から文句は来ないのかしら。今はあたしたち二人しかいないけど。

山崎先生は、当然のようにプレイを続けるらしい。素振りの勢いがどんどん激しくなっていて、とても楽しそうだ。

「あんたも先生見てるだけじゃなくて、やってみなよ」

おじさんに言われて我に返る。

「あ……はい」

あたしはボールを打つだけでいいんだよな、と言い聞かせないと、後ろにジャンプしてしまいそうだった。バットけっこう重いな――。

スパーン！

「は、速っ！」

山崎先生のよりゆっくりのはずなのに、全然区別がつかない！　充分速い！

とりあえず次のボールをよく見てバットを振ってみるが、重くて思うように振れない。当然空振りだ。ボールも全然目で追えない。

隣で山崎先生は先程よりも華麗なジャンプを連発していた。おじさんは大喜びだ。

桃香はもう腕が痛くなってきた。

「ほらほら、ちゃんと立って～！　へっぴり腰になってるよ～！」

おじさんが気がついたように指導してくれる。しかし、所詮《しょせん》初心者なので、バットを振るのでさえやっとだ。

最後の一球だけ、少しかすった。

「わあっ、当たった！」

ぜえぜえ言いながらもちょっとうれしい。山崎先生がぽすぽすと拍手をしてくれた。

「もう一プレイやる？」

「いえ、もう腕がぷるぷるしてます……」

明日絶対に筋肉痛だ。

「どう？　ストレス解消できたでしょ？」

おじさんがドヤ顔で言う。

うーん……腕は痛いし、全然当たらないけど、今度は当ててやるって思える。

一番楽しかったのは、山崎先生を見ながら、あるいはバットを振り回しながら「わあ！」とか「ぎゃあ！」とかとにかく叫びまくったことだ。身体に溜まっていた憂鬱な気持ちが吹き飛んだ気がする。

「そうですね、確かに」

山崎先生も二プレイ目が終わって、ボックスから出てきた。

「宮本さん、休憩する？」

「あ、はい」

おじさんが缶コーヒーを持ってきてくれた。

「あ、おいくらですか？」

「大丈夫、僕のポイントで買ったから」

使えるポイントがあるほど通っているわけなんだね……。

「つきあってくれたから、お礼ね」

「ありがとうございます。でもそういうつもりじゃ……」

「いいからいいから」

お言葉に甘えて、コーヒーを受け取った。ベンチに座って、二人で飲む。冷たくて甘くて、おいしい。こんなに缶コーヒーをおいしいと思ったのは初めてだった。

山崎先生は、口があるあたりに缶を押しつけ、腰に手を当ててのけぞり、缶コーヒーをグイッと飲んでいた。缶だから中身が減るのがわからない。惜しい！

こぼれないからお腹に入ったはず？　布に染みてこないか心配だ。

「ストレスたまってたの？」

ぼんやり彼のお腹のあたりを見ていたので、声をかけられて我に返る。

「あー、えーと、そうですね……。ちょっと叱られました」

「それでうなぎが食べたかったんだ」

「やけ食いしたかったです」

せいぜいうな重一つくらいしか食べなかっただろうけど。それはやけ食いって言えるのかな？　ただの贅沢？

「そうだよねー、たまにはそういうこともしなくちゃね」

「山崎先生もそうだったりして？」

それは本当に何気なく言ったことだったが、ハッと気づく。やはり失礼なことしてる⁉　どうしてこんなに不躾なことを言ってしまうのか……。

「そうそう。うなぎとバッティングセンターはけっこう鉄板だよ」

しかし、あっさりそんな言葉が返ってきた。

「先生は何があったんですか？」

好奇心は止められない。開き直ったとも言える？

「今日は午前中、別の病院で手術予定だったんだけど、直前で中止になってね」

「……患者さんを説得できなかったんですか？」

「いや、本人は僕でいいって言ってたんだけど、家族が強く反対して」

「そんな、本人の意思は──」

と言ってから思い当たる。

「子供ですか？」

子供の手術もやるんだ！　すごいなー。

「そう。僕は子供には受けがものすごくいいんだけど、親にはあまり人気なくて」

ははっとちょっと冗談めかして笑う。

「えー、そんな……」

信じられない。と思ったけど、でも――。

「親からすれば怖いんだよ。自分じゃないから余計なんだよね。本人がいいって言っても、子供だし。心配でたまらない気持ちはわかるから、どうにもならないよね」

「説得もお上手だってお聞きしましたけど」

「いや、そんなことないよ。医者なら普通にやることだよ」

謙遜《けんそん》しているのか、真面目にそう思っているのか、わからなかった。

「誰だってダメな時はダメだよ。そうならないようにいろいろやるけどね」

そう言われて、桃香は山崎先生のことを「不可能はない」みたいに思っていることに気づいた。実際は普通の医師同様にトラブルもあるし、執刀を断られることもある。手術がうまくいかない時だってあるだろう。

そういうのもあるって、全然想像していなかった。だって、あまりにも現実離れした存在だし、第一そんなこと考えてたら楽しくない。自分の中でだけ楽しければいいと思っていたのだ。

自分の妄想を現実にあてはめ過ぎていたのに気づかなかった。これが本当の意味での「現実逃避」みたいなものだったんだろうか。

「あたし……先生は手術がとても上手だから、日本中で引っ張りだこなんだと思ってました」

「無理無理～、やはり外見にクセがありすぎるからねー」

クセ——そういう言い方もあるのか。いや、そのレベルか⁉

「ただそばにいるだけだったり、話したりする分には気にならなくても、手術をするっていうのはまた別の問題なんだよね。いくら上手だからって、頭では割り切れないんだよ。人間でいかにも優秀で誠実な人だって、失敗する場合があるんだから。ぬいぐるみの手術はだいぶハードル上がってる状態だよー」

それを山崎先生は笑って言う。点目なのに、それがわかる。

「あたしは、山崎先生に手術してもらいたいって思いますけど……」

モニターの画面だけ見ればみんなそう思うはず、と一瞬考えたが、上手い下手は普通わからないよなー。

「じかに見ている人や、医療関係者はまた別の話で、本当言うとそういう人の手術の方が多いかもしれないね。でも、患者さんは他に判断材料がないから、しょうがないよ」

「診察とかはどうなんですか？　さっき『話したりする分には気にならない』って言ってましたけど」

「あ、それは診察じゃなくて、雑談とかそういうのってことね。診察だって警戒されるよー」

「小児科とかすごく合ってると思ったんですけど」

「それも結局親御さん相手だから。前はやってたんだけど」

「モテモテだったでしょう？」

診察もすればいいのに、と思っていたのだ。

「確かに子供は喜ぶ。相手するのも楽しかったからねー」

なつかしそうに言う。

「でも同時に、大人とのいらないトラブルも多くてね。小児科以外でもあまり変わらないから、なんとなく手術の方にシフトしていったんだよ。患者さんをちゃんと診察したいと思っても、それはこっちの都合みたいなもんだし、なかなか難しいよね。病気を治したいと思っているのは、患者さんなんだし」

桃香はまた気づいた。自分の頭の中に、山崎先生のイメージが二つあったことに。一つはぬいぐるみ医師として子供や老人などに優しい理想的な臨床医。その一方で、「ぬいぐるみであること」を意識から取り払うことができないのだ。無自覚に怯んでしまう部分が自分の中にある。

それは、誰もが持っているものなのかもしれない。自分や身内が難しい治療や手術を受ける立場にならないと表に出てこない部分だ。

「じゃあ、今は診察はされてないんですか？」

「一応やってはいるよ。過疎《かそ》の村なんかを回る巡回医療で」

意外な答えだった。

「そうなんですか！」

山崎先生の診療所は、県内の小さな村にあるそうだ。

「たまに診療所にいる時もあるけど、ほとんど車で回ってる」

……きっと看護師と回っているのだ。その人の運転で。そうに決まっている。

「医者が少なくて困ってる地域を回ってるから、ぬいぐるみでもけっこう受け入れてくれるんだよね」

「県内にもそんなところがあるんですか」

「お年寄りが多いところはどうしてもね。一人暮らしの人も多いから、訪ねるだけでも喜んでくれたりするよ。変わった医者だから喜ぶっていうか、刺激になるみたいでねえ」

「その合間に病院回って手術してるんですね」

改めて聞くと、本当に大変だ。

「まあ、たいてい県内だし。マイペースでやってけてるよ」

山崎先生は、ベンチからピョンと飛び降りてゴミ箱へ走った。そこでもまたジャンプをして缶を捨てた。あのジャンプ力は、ここできたえられたんだろうか……。

「ここはうなぎのかわりになったかなあ」

そんなことを言ってくれる。充分だ。多分、また来るだろう。

「はい」

そう答えた時、桃香は気づいた。

自分は山崎先生のことをもっと知りたかったのだ。尊敬もしているし、かわいいし、優しい。先生の手術は勉強になる。

ぬいぐるみだから好きってわけではないのだ。あっ、好きって全然そういう意味ではなく——自分も先生から頼られたらいいなあ、みたいな。それはまだまだ遠いけど。

「どうしてあたしといろいろ話してくれたんですか？」

彼の点目を見ているうちに、そんなことを言ってしまう。なぜか言いたくなるまなざしだ。ビーズなのに。

「あっ、僕の方が話してばっかりだったね、ごめんね」

あわてたようにそんなことを言う。なんだかその言葉で、さらに気持ちが楽になった。少しは頼っていいって思われただろうか。

「いえ——あたしでも人の話を聞けましたかね？」

少しだけ自信が湧いた気がした。もちろん、看護師として。

山崎先生は「うんうん」と言うようにうなずいた。

「これからも、たまに話しかけていいですか？」

「もちろん」

でもたまに、ぬいぐるみとしての妄想を続けてもかまわないだろうか。誰にも言わない、自分だけの秘密として。

許可なんて取れないから、心の中で謝った。しばらくは、あのジャンプの着地が桃香の頭の中から離れないだろう。

優しい人

「がんが再発している恐れがありますね」

恐れていたことを言われて、濱村菜実子《はまむらなみこ》は気が遠くなりそうだった。

そんな……四年間、何もなかったから、このままでいてくれ、と思っていたのに。

「四年前は、都内の病院で手術されたんですね？」

「は、はい……」

あまりいい思い出がない。退院してから、カルテを家の近所のクリニックに移してもらい、そこでずっと経過を見てきた。

「そちらに相談されますか？」

「いえ……できたら、こちらの病院でお願いしたいですが……」

ここは、最近できた消化器専門の比較的大きな病院で、クリニックの紹介だった。ご近所の噂程度だけれど、とても評判がいい。以前かかった病院は、やはりがんを患《わずら》った大叔母《おおおば》が世話になったところなのだが、暗くて施設が古く、医師や看護師にあまりいい印象がなかった。思い出したくもないくらい。

自分は運が悪いのかもしれない。

以前の病院で手術したあとから、菜実子の人生は変わってしまった。あの時より少し前に戻って、やり直したいとたまに思うほど。

あくまでも「たまに」なのだが。

だって……。

「では、検査ですけれども――」

と医師が話を続けている。なんとなくこもったように聞こえているのに、菜実子は耳をすますことをあきらめてしまう。四年前とは違うショックに頭が支配されていた。あの時は自分に降りかかった不幸を嘆《なげ》いてばかりだったが、今はその後の四年間、自分のしたことにどこに間違いがあったのか、ということばかり考えていた。

「はい……」

まだ若い女性医師――工藤《くどう》先生はまだ何か言っていたが、菜実子の頭の中にはなかなか入ってこない。今度落ち着いた時に、ちゃんと聞かなければ。誰か連れてきた方がいいかもしれない。

誰かついてきてくれれば、だけれど。

家に帰って、夫の隆雄《たかお》に、

「再発した」

と言うと、彼も言葉を失っていた。最近あまり話していなくて、久々の会話がこれだとは。いろいろな思いが錯綜《さくそう》して、涙が出そうになるが、こらえた。

「……前の病院に行くの？」

菜実子は首を振る。

「今のところでいい」

前の病院は元々かなり離れている。紹介だからと無理して通っていたのだ。今の病院は歩いて通える。交通費も時間も、全然違う。

「そうか」

彼はそう言ったまま、黙ってしまった。いつもこうやって黙って、どっちかが席を立つことで会話は終わる。

次の診察の時に、ついてきてほしい——そう言いたかったのに、口にできないまま、菜実子は席を立った。

たくさんの検査をしたあとに、やはり胃がんが再発していることがわかり、再手術ということになった。

前回に取り切れていなかったがん細胞が大きくなったのではないか、ということだった。あの病院で手術しなければ——この四年間、何度も考えた言葉がまた浮かんできた。

「セカンドオピニオンは?」

前は結果的に、それをやって失敗したようなものだった。本当はした方がいいのだろうが、菜実子は首を振る。

検査結果を聞けば聞くほど、憂鬱になっていく。手術を後悔する気持ちを何度も打ち消し、これでよかったんだと言い聞かせ続けて、やっと本気でそう信じられるようになってきた矢先だったのに——。

いや、それは自分をごまかしていただけなのかもしれない。心の中にはどちらの気持ちもあるし、何を選んでもそれが少しでも自分の理想と齟齬《そご》があると後悔が生まれる。その傾向は昔からあった。

自分に自信がないからなのかもしれない。

菜実子は、今日何度目かのため息をついた。

この気持ちは、いつなくなるのだろう。取り切れないがん細胞のように、いつまでも残るものなんだろうか。

「手術日が決まりましたよ」

そう言われて、また四年前のことを思い出していたことに気づいた。でも、ここは手術をした病院でも、最初にかかった病院でもない。同じであるはずない。そのはずだ。同じようなことが起こるはずもない。

なのに――。

「執刀医は、山崎ぶたぶた先生です。腹腔鏡手術になります」

パソコンのモニターに映しだされた画像は、四年前に見たものと同じだった。小さなピンク色のぶたのぬいぐるみ。ただの布製の人形。突き出た鼻と、そっくり返った右耳まで、まったく一緒。

あたしは、このぬいぐるみから、逃れられないのか？

呆然とした。こんな偶然、ある？　違う病院だから、こんなことあるわけない、と思っていたのに――。

菜実子はふっと意識をなくして、椅子から崩れ落ちた。

数秒後には目覚め、抱えられながら処置室のベッドに寝かされた。

「少し休めば大丈夫です」

そうくり返した。最近、不安でよく眠れなかったせいもあったと思う。

工藤先生が、

「気分がよくなったら看護師さんに言ってください。もう一度診察しましょう」

と言ってくれた。

そのあと、少しだけ眠ったらしい。目を開けた時、どこにいるのか一瞬わからなかった。

気分はよくなっていたが、先生の診察は受けずにこのまま帰りたい気分だった。でも、手術のことをちゃんと聞かなくてはならない。

その後、再び診察を受けて、菜実子は帰った。執刀医については何も言えなかった。

倒れた原因も、医師はわかっていたのではないかと思う。

まだ決まっていないし、断る時間は充分ある。だが、菜実子は戸惑っていた。これは……自分が「やり直したい」と思っていたから起こったことなのではないか、と。

あの時のことを思い出すと、今でも胸がドキドキしてくる。誰にも言っていないことでもあった。

状況は、今とすごくよく似ていた。というより、まったく同じだ。

違うのは、執刀医の画像を見せてもらった時のこと。今回は数秒失神してしまったが、四年前はヒステリックに叫んでしまった。

「何⁉　なんなの、この病院⁉　あたしを殺す気⁉」

そんなようなことをくり返しわめいていたように思う。興奮しすぎて、診察室から連れだされてしまったのだ。

だって……ぬいぐるみにがんの手術をさせるなんて、正気とはとても思えないではないか。

あの時の病院も、今回のと同様とても評判のいいところだった。そう聞いたから行ったのに——と裏切られた気分にまでなった。

そのあとすぐに、病院を変えた。本当の理由は誰にも言わなかった。

「先生とあまり合わない気がしたから」

と言って家族にはごまかした。

大叔母の紹介で行った病院で手術をした。前の病院では腹腔鏡手術の予定だったが、そこでは開腹手術になった。手術の内容はまったく同じものだったが。

しかし、そのあとの回復が思わしくなく、菜実子は仕事を続けるのが困難になってしまった。長年勤めた会社を泣く泣く辞め、今は専業主婦をしている。体力が落ちて、パートもできないのだ。それまでは丈夫な方だったから、疲れやすくなった身体をどう労《いたわ》ったらいいのかわからず、無理をして倒れたりもした。それをくり返すことで、身体だけでなく精神的にもダメージを受けてしまった。

そこの病院を選び、手術を承諾《しょうだく》したのも自分だ。さらに別の病院でセカンドオピニオンを受けることだって可能だった。

ただあの時は、告知から時間がだいぶ経過していたし、これ以上手術を遅らせることが怖かったのだ。

以来、それを悔《く》やみ、ふさぎこむことが多くなった。

手術当時大学生だった息子の健太《けんた》は就職して一人暮らしを始め、めったに家に帰ってこなくなった。夫との仲は、彼から「前の病院をなんで変えたりしたんだ?」と問われて何も言えなかった時から次第に険悪《けんあく》になり、あまり口をきかなくなってしまった。菜実子は毎日家に一人でいて、ヒマを持て余している。

働くことが好きだったのだ。辞めたくなかった。少しずつ体力を戻して、前のように仕事を持ちたいと思っていたが、再発してしまったし、もうだめかもしれない。せめてパートくらいはしたい。もちろん夫が働いているし、子育ても終わって蓄《たくわ》えも充分にあるから生活に困ることはないけれど、今回もまた回復が遅かったらどうしたらいいのだろう。

それもこれも、あの時、ぬいぐるみなんかが執刀医なんて……バカなことが起こったからだ。

でも、あの時の自分はあまりにも冷静さに欠けていた。病院を変えるにしても、あの大叔母に頼らなければよかった。たまたま電話がかかってきて、「そこで手術するのはいやだ」と言ったら、「じゃあ紹介してあげるわよ!」と話を勝手にすすめてしまったのだ。

最初の病院のままでもよかった。せめて執刀医を変えてくれとか、そういう気を回すことができていたら。

でも……今はそんな気分にもなれるが、当時は何がなんでも——「逃げたい」とさえ思っていた。

今回も菜実子は焦っていた。少しでも早く手術がしたかった。前回と同じ状況にだけはなりたくなかった。

そのためには、なんとか執刀医を変えてもらわなくては。

次の診察の時に、工藤先生にそのことを申し入れると、あっさり、

「わかりました。調整しますね」

そう言われてホッとした。だが、

「腹腔鏡手術を別の先生で執刀となると、手術日をだいぶ先まで延ばさないとならないですが」

と言われて、言葉に詰まる。

「開腹手術ならば、もう少し早めに――」

「開腹はいやです！」

即座に声が出た。前回の手術のあと、痛くて眠れなくて、泣きながらナースコールしたことを思い出して、胸が痛くなった。来るまで三十分以上もかかったことを昨日のことのように憶えている。先生も看護師さんも冷たい態度だったし、食事もひどいものだった。早く退院したくて泣いたものだ。

いけない、また取り乱しそうになっている。落ち着かなくちゃ。

でも、どうしたらいいの？　手術をあまり遅らせるのもいやだった。

「やはり、執刀医がぬいぐるみというのが、気になりますか……？」

おそるおそるという感じで、工藤先生が聞いてきた。

その質問、なんなんだろうか。

「気にしない人なんて、いるんですか？」

ついきつい言い方になってしまう。そんな人、信じられない。

「あ、まあそうですよね……」

とても残念そうなのもわからない。ぬいぐるみなのかロボットなのか、何かそんなようなものに手術をさせる実験でもしているんだろうか。

「では、改めて手術の予定を立てますので……」

なんだかしょぼんとした様子で工藤先生は言う。

「どのくらい先になるんでしょうか？」

「三ヶ月くらいですかね……」

「そんなに⁉」

ぬいぐるみの医師による手術は、三週間ほど先だった。

「開腹手術だと？」

「来月には」

一ヶ月ほどか。一番早くて楽な手術がぬいぐるみのだなんて。

あんまりだ。菜実子は泣きそうになる。

「あの、まだ猶予《ゆうよ》がありますから、もう少し考えてみてはいかがでしょうか？」

考えているうちに断れなくなるのでは？　それを狙《ねら》っているの？

「山崎先生は本当に上手な先生なので、わたしとしては彼の手術を受けることをおすすめしたいんですが――」

ついしかめっ面《つら》をしてしまう。工藤先生はあわてて続ける。

「期限をちゃんと切りましょう。電話連絡で断ってもかまいませんから」

そう言って、彼女は予定を立ててくれた。

「来週までに連絡してください。それ以降だとまた予定が変わる可能性があります」

「……わかりました」

菜実子は渋々承知した。

ぬいぐるみの手術はいやだ。かといって、手術が遅くなるのもいやだ。そして開腹手術はもっといやだ。

あたしはいったい、どうしたらいいんだろうか。

今回も誰にも言えそうになかった。

家で悶々《もんもん》と一人で考えるしかない。食事の支度をする気力もない。買い物も忘れてしまった。

『自分の分は何か買ってきて』

と夫にメールするのを忘れなかっただけいい。

夜遅く、夫が弁当を買って帰ってきた。菜実子はずーっと居間のソファーでぐったりと横になっていた。

「お前……具合悪いのなら、ちゃんと寝なさい」

「……うたた寝してただけよ」

昼間からずっとそうだとは言わない。

夫はまだ何か言いたそうだったが、一人で弁当を温め、ダイニングテーブルで食べ始めた。「食欲があっていいわね」なんて嫌味を言いたくなるくらい、匂いが気になった。

「夕飯は食べたのか？」

「食べられるわけないでしょ？」

きつい言い方をしないように、と気をつけているのだが、とっさにケンカ腰になってしまったりする。イライラしているのだ。

「病院はどうだった？」

「順調よ」

そんなはずもないのに。

「ほんとに？」

そう言われて、瞬間的にカッとなったが、何も言わなかった。そのまま立ち上がり、寝室へ行った。

「もうやだ……」

そうつぶやくと、ベッドに突《つ》っ伏《ぷ》して泣いてしまう。

四年前も苦しかったけれど、今回の方がつらいかもしれない。四年の間に、相談できる人も作れなかった。家にひきこもっていたからだ。毎日後悔するばかりで、何もしてこなかったから。

自分が全部悪いのだ。

何かしなくちゃ、と思った。あの時も逃げて、人にまかせて後悔するようなことになった。今度は、少しでも自分で動かないと。

でも、何をしたらいいんだろう……。

その時、昼間見たぬいぐるみ医師の画像を思い出した。あれは画像だけではなく、下の方にぬいぐるみの情報（？）も書いてあった。学歴とか、免許を取ったのはいつだとか、どこに勤めているとか。

他のことは憶えていなかったが、菜実子はなぜかぬいぐるみが今勤めている病院名を記憶していた。

パソコンでその名前を検索すると、すぐにサイトが現れる。県のはずれの村にある小さな診療所だった。

医師名は記載されているが、写真はない。スタッフの集合写真の中にちゃっかり写ってはいたが。

このサイトでは何もわからなかった。診療所は巡回医療が主なので、行けば会えるというわけではないらしい。

それに、診療所への交通の便はあまりよくない。地図で調べたら、最寄り駅からもとても遠い。バスも一日数本しかない。車がないと用が足りない地域なのだろう。菜実子は運転免許を持っていないし、訪ねるのは無理そうだ。

……あたしはいったい、何がしたいのか。何が知りたいのだろうか。今更ぬいぐるみのことを知ってどうするの？　手術は受けないんでしょう？

でも、早く手術を済ませてしまいたいという気持ちは消えないのだ。不安材料を消したいのかもしれない。安心はできなくても、手術してもらってもかまわない、と考えられるような材料を。

とてもそんなふうに割り切れるとは思えない……。ぬいぐるみが人間に変身してくれれば別だけど……。

診療所のサイトを見て回っているうちに、スタッフブログを見つける。マメに更新しているようだった。診療時間や巡回の経路、担当の先生の情報などをわかりやすくまとめている。

巡回医療を利用するのはお年寄りが多いかもしれないが、遠く離れた家族も確認できるから、こういうブログをやっているんだろうか。

その中で、こんなエントリーを見つけた。

イベントにボランティアで参加します！

最寄り駅近くのショッピングセンターのお祭りに、山崎医師や看護師さんたちが参加するらしい。子供のためにバルーンアートをするとか。

診療所に行くのは無理でも、ここなら行けるかもしれない。今度の日曜日、一時から。

「そろそろ寝るけど」

寝室に夫が入ってきた。

「あ……あたしも、寝ます」

パソコンを片づけ、灯りを消す。

隣のベッドからは寝息が聞こえてくるが、菜実子はここ数日と同じく、眠れなかった。

でも、少しでも自分で行動しようと考え、何をやるかわかっただけでも、気が休まるように思えた。


次の日曜日、菜実子は乗ったことのない私鉄線の電車に揺られていた。

ターミナル駅が始発ではあるけれど、そこから急行で一時間ほどの駅で乗り換えをする。同会社であるが、名前の違う路線の各駅停車で二十分ほどのところに、今日の目的駅がある。

ちょっとした旅だ。

身体の調子によってはあきらめなければならないと思ったが、とりあえず大丈夫そうだった。電車も空《す》いていて、ずっと座っていられたので助かった。

電車に乗っている間は、本を読んだりウトウトしたりしていた。車窓《しやそう》に流れる景色は、次第に田んぼや畑や山が増えていく。

ちょっと背中が痛くなってきたのは、身体の具合のせいなのか、それとも単に同じ姿勢で座っていたからなのか――そこでやっと乗り換えの駅に着いた。

そこの駅も、その後に停まった駅も、駅前には何もないように見えた。いや、降りていないから本当のところはわからないのだが……。

そして、やっと着いた目的駅も、駅前にはタクシー乗り場とバスの乗降場とコンビニがあるだけだった。道が一本だけ、まっすぐ延びている。

目的地のショッピングセンターは、歩いて十分程度と書いてあったけど、本当だろうか。背中の痛い菜実子は今、ゆっくりとしか歩けない。

タクシーに乗った方がいいだろうか。ワンメーターくらいだと拒否されてしまうかしら……？

タクシー乗り場には一台だけ、停まっていた。

「すみません、ここに行ってもらえますか？」

手帳をそのまま見せる。

「はい、わかりました」

特に何も言われず、タクシーは発車する。

「ここ、歩いて十分くらいって書いてありましたけど、本当にそれくらいですか？」

「うーん、もう少しかかるかなあ。十五分みれば着くと思いますけどね。道はほとんどまっすぐだし、看板もありますよ」

と指し示す方を見ると、確かにデカデカと矢印が出ていた。どこを曲がるとか、懇切丁寧に書いてある。

「でも、あまり歩いてくる人はいないからねえ」

「そうですか――」

歩いて十五分弱の距離だから、すぐに見えてくる。畑の中のショッピングセンターはとても大きく見えた。日曜日で混んでいるのか、周辺は渋滞までしている。

「駐車場に入る車で、土日は混んでるんですよ」

「大きいですね」

「ここは駅に近いから、割とコンパクトですよ。もっと大きなショッピングモールは駅からずーっと離れてます」

「そうなんですか」

タクシーを降り、お金を払う。近くで見ても充分巨大だが、これより大きいところがあるということか。都会ではないが割と駅近くで暮らして、電車生活をしている菜実子には想像もつかない。

入り口近くのインフォメーションを見ると、お祭りは中庭で行われるらしい。いくつかの催《もよお》しの中の一つだ。

まだ一時まで時間があるので、お茶でも飲むことにした。中庭に面しているフードコートで、温かいほうじ茶ラテを飲む。

背中の痛みは、ちょっと身体を動かしたからか、だいぶよくなってきた。でも、帰りも歩かない方がいいかもしれない。

四年前までは元気いっぱいで、仕事と家事と遊びにいつも飛び回っていたのに、今はすぐに疲れてしまったり、どこかしら痛かったり、鬱っぽかったりして、気がつくと泣いていたりする。あの頃の自分はどこに行ってしまったんだろう、といつも悲しく思っていた。

わたしはどこまで不運なのか、とまた少し悲しくなる。

中庭には次第に人が集まってきた。大道芸人や小さなブラスバンド、ヨーヨー釣りなんかも準備を始めている。ステージもあるようだ。

薬局の前あたりに、「バルーンアート」という看板が立った。

ラテを飲み終えて、菜実子はブラブラと中庭を見物し始めた。

いた。あれが山崎医師か。小さいけど、見間違えようがない。だってピンクのぶたのぬいぐるみなんだもの。

実際に見て、あまりの小ささに菜実子はショックを受けた。バレーボールくらいしかないではないか。蹴《け》ったらあっという間に転がってしまう。

あのぬいぐるみが、内視鏡でとはいえ、人の手術をするなんて……やっぱり信じられない。

菜実子は、彼らがよく見える位置のテーブルに座った。声もよく聞こえる。

「こんにちはー」

子供がわらわら集まってきた。元気だ。

「風船ちょうだい」

「はいはい」

男性の声がした。あとの二人は女性だから、今の声はぬいぐるみのもの？

山崎医師が作ってある小さな動物の風船を渡すと、子供たちは「ありがとー」と言いながら離れていく。

女性の一人は、帽子をこしらえていた。できあがると、それをぬいぐるみにかぶせる。耳がぴょこんと出て、かわいらしい。右側がそっくり返っているのがわかった。

三人(?)は笑い合いながら準備を続けている。

お祭りが始まると、派手な音楽がかかり、ステージの司会の女性が、二階のお客さんに呼びかけたりしていた。

のんびりとしたムードに包まれているお祭りだった。子供たちは小さな蒸気機関車に乗ったり、粘土でスイーツを作ったり、ダブルダッチを教えてもらったりして歓声をあげている。菜実子も息子が小さかったら、きっと連れて来ていただろう。

山崎医師たちは、風船をふくらませ素早く形を整えて、子供たちのリクエストに応えているようだった。犬やウサギやキリン、花や帽子など、オーソドックスなものばかりだったが、速さに子供たちが喜んでいるようだった。

特に速いのは、なんと山崎医師だったが、小さな手というか、濃いピンク色の布を張ったぬいぐるみそのもののひづめで、ふくらんだ風船をつかんでひねり、器用に形を整えていく。誰よりもきれいに仕上がっているのも、彼（？）だった。

好きなものを好きな色の風船で作ってもらった子供たちは、うれしそうに帰っていく。次から次へと列は続く。大人たちもはにかみながら並んでいる。

とても微笑《ほほえ》ましい光景だ。泣いた子供をあやし、手をつないで歌を歌ってあげたりしているぬいぐるみの姿には感動すら覚える。

菜実子はため息をついた。わざわざここまで来たのに、もっとよくわからなくなってしまった。山崎医師がぬいぐるみじゃなくて人間だったら、こんな素晴らしい人はいないだろう。

とはいえ、人間だとしても、その人柄と手術の腕前はまた別なんだけど。いくら工藤先生がおすすめしているからと言っても。

お祭りのステージがいったんお開きになり、ちょっと人が少なくなった。次は三時からだという。

いつまでここにいようか、と菜実子は迷い始めた。

寒くも暑くもなく、風もないので外にいても快適だが、もう間が保《も》たない。いたたまれないというか——もうこれ以上いたとしても、何か変わるとは思えないのだ。

直接彼に話しかける勇気でもあれば違うのだろうが、それに恥じ入る気持ちくらいは、自分にあるのだ。

おとなしく帰ろうか——と腰を上げかけた時、父子連れが山崎医師に近づいた。声をかける間もなく、子供の方が、突然ぬいぐるみに抱きついた。

驚いて、つい見入ってしまう。

「お久しぶりです、山崎先生」

お父さんが子供——娘をはがすように押さえながら、山崎医師に挨拶をする。

「あ、お久しぶりです」

「先生、治ったよ！」

と女の子は言う。小学校の低学年くらいだろうか。

「よかったねえ。力もついたね」

シワだらけになったぬいぐるみを、女の子はようやく離した。

「違う先生が治してくれたんだよ」

「いい先生をご紹介してくださって、ありがとうございました」

「何事もなく完治されたようで、よかったですね。もうどこも痛くないの？」

「痛くないよ」

手渡された風船を持って飛び跳ねながら言う。元気いっぱいだ。

「でも、先生にしゅじゅちゅしてもらいたかったな！」

全然言えてないのがおかしかった。

「この子、ずっとこんなこと言ってて。だから、会わせてあげようと思って来たんです」

「先生が何してたか、見たかったな」

「そうかー。けど、手術する時は麻酔で寝ちゃうから、何も見られないよ」

菜実子は、その言葉に衝撃を受けた。そうだ。四年前の手術だって、全身麻酔をされて、気がついたらもう終わっていた。

その間何をされているかなんて、こっちには何もわからない。信じてまかせるしかないのだ。

それを言ったら、薬を飲むのだって、様々な治療法だって、本当に効くかどうかわからない。効かなかったら信じないだろうし、効けば人にもすすめる。でも、他の人に効くかどうかはやってみないとわからない。

大叔母にとって、あの病院はいいところだったのだろう。悪気もなく、本気ですすめようと思っただけなのだ。

でも、だったら、あたしはどうすればよかったんだろうか。「怖い」と言えば、病院を変えろとしか言われなかった。それが正しいと思ってやったのに、「失敗」してしまった。

今「怖い」と思うのは、またそれをくり返してしまうことだった。気持ちだけで行動したくない、でも割り切れない。正しく選択したとしても、それを信じられなかったら、やっぱり「失敗」だ。

自分の弱さがいやだった。誰かのせいにしたかった。あの病院をすすめた大叔母の、菜実子の話を聞いてくれない夫の、そして、ぬいぐるみなのに手術なんかする山崎医師のせいに。

「大丈夫ですか？」

女性に声をかけられて、菜実子は顔を上げた。

「ご気分でも悪いですか？」

バルーンアートをしていた看護師さんの一人だった。

「いえ……」

そう答えて初めて、自分が泣いていることに気づいた。

「気分は……あの、悪いですけど……」

「どうしました？」

この男性の声は、きっと山崎医師のものだ。目を閉じて聞けば、落ち着いた信頼のおける医師のよう。

ぬいぐるみである以外は、子供にも好かれるし、きっといいお医者さんなんだろう。

山崎医師の方に顔を向ける。さっきの父子連れはいなくなっていた。

「わたし、医者ですから、何か具合が悪いようでしたら言ってください」

菜実子の足元に、彼は立っていた。心配そうな顔をしていた。目と目の間に、それをうかがわせるシワが寄っている。

「すみません……」

何か言おうにも、それしか声に出せなかった。何をしたらいいのか、もう何もわからなくなってしまったのだ。

「医務室に行きますか？」

看護師さんが言ってくれるが、菜実子は首を振る。

「あの……ごめんなさい、わたし……」

どう説明すればいいんだろう。

「今度、先生の手術を……」

受けるのか受けないのか。断言することができない。

「あ、そうなんですか。え、ほんとに？」

山崎医師の点目が少し大きくなったような気がした。

「病院はどちらですか？」

病院名を言うと、

「担当の先生の名前は？」

「工藤先生です……」

「差し支えなければ、あなたのお名前は？」

ためらったが、答えた。

「濱村菜実子です」

「濱村さんね。まだ正式にお会いしたことはないですよね？」

「はい……」

「たまたまここにいらしたんですか？」

「いえ……」

それは、今の菜実子にうまく説明できそうにない。

「無理に言わなくていいですよ」

そう言って彼は、手の先にそっと触《ふ》れてくれた。その柔らかい布の感触は、子供の頃に大切にしていたぬいぐるみや人形を思い出させた。

「手術をすることは、もう決まっているんですか？」

「はい……いつになるかは、まだ……」

そう言うのが精一杯だった。

「そうですか。不安なんですね」

菜実子はためらったあげくうなずいた。

「少し話しますか？」

その問いには首を振る。だって、何に対しての不安か、このぬいぐるみには話せない。

「お話しできる近しい方はいますか？」

また首を振る。

「ご家族は？」

「……うまく言えなくて」

「うまく言う必要はないんですよ」

「でも――」

うまく言えなければ、聞いてもらえないと思っていた。今、気づいた。

「先生には相談しました？」

「いいえ……」

「病院には、医療ソーシャルワーカーがいると思うんですが、そういう人に相談してはいかがでしょう」

聞いたことがなかった。というより、気にも留めていなかったと言うべきか。自分にはあまり関係のない制度だと考えていたのかもしれない。

「ソーシャルワーカーは患者さんの不安を取り除《のぞ》くのが仕事ですから、うまく話せなくてもゆっくり聞いてくれますよ。あの病院のスタッフさんなら大丈夫です」

「ほんとですか？」

うまく話せなくても、いやな顔はしないんだろうか。

「話せないこともあるんです」

今みたいに。当人を目の前にしたらなおさらだが、他の人にも話すことはできないと思っていた。

「そんなのあって当たり前ですから」

山崎医師は、菜実子の手をポンポンと叩いた。

「その範囲で、言えるだけ言えばいいんですよ」

目を閉じていると、気持ちが落ち着いてくる。でも、目を開けて現実を見るとどうなるのか。

目の前には、こちらをじっと見上げる小さなぬいぐるみが立っていた。真剣な顔なのに、頭には風船の帽子をかぶっている。

菜実子はちょっと吹き出してしまった。それで自分がどんな格好なのか、彼も気づいたらしい。

「あ、帽子かぶったままで失礼しました。軽くて忘れていて……」

申し訳なさそうに風船帽子を取る。

それにしても「話せないことがあって当たり前」ってこのぬいぐるみが言うと、これだけ説得力のある言葉はないな、と思う。それがわかっているソーシャルワーカーなら、自分の話を辛抱強く聞いてもらえるかもしれない。

山崎医師が、

「お身体のこともありますから、ご家族に迎えに来てもらってください」

と言ったので、夫に電話をすると、途中の乗換駅まで来てくれることになった。

車の中で訊かれる。

「なんでこんなところに来たの？」

昔は「前の病院をなんで変えたりしたんだ？」と問われた。同じような状況だ。「答えたくない」と思う気持ちにまた負けそうになった。でもそれを抑《おさ》え、

「手術の執刀医の先生がどんな人だか見たかった」

と正直に言った。彼は驚いたようだったが、

「そうか。言ってくれたら車で連れてきてあげたのに。電車を使うより、車の方が半分くらいの時間で来られるんだよ」

と笑った。

「そんなに違うの⁉」

「そうだよ。で、執刀医の先生はどうだったの？」

しばらくためらったのちに言う。

「優しい人だったよ」

彼は、菜実子の目的がわかっているように見えた。わかっていても、それには触れないでいてくれた。

それだけでも充分優しい。


次の日、病院に電話をして、ソーシャルワーカーの予約を取った。診察に合わせて、面談をしてもらう。

五十代の落ち着いた雰囲気の女性だった。長女である菜実子にとって、姉のような雰囲気を持つ人にあこがれる。そんな人だった。そして、「話せないこと」を察してくれる人だった。山崎医師に対しての不安をうまく口にできなくて黙ってしまっても、菜実子の恥じ入る気持ちをわかってくれたようだった。

過去のことも、少しずつ話していくうちに、うまくまとめて、言いたい気持ちをすくい上げてくれる。

「結局、何を選んでも後悔してしまいそうで、怖いんです」

数回の面談ののち、ようやくそんなことを、自分の中でぐるぐる考えるだけでなく、外に出せるようになった。

「どうやったら、自分の選択に自信を持てるんでしょうか？」

「今の自分の状況の別の面に目を向けてみるのがいいんじゃないでしょうか」

「別の面？」

「濱村さんは、前の入院で『すべて悪い方向に行ってしまった』と思っているみたいですけど——たとえば、お仕事のこととか」

「はい……」

「病気になる前、本当に何も問題はなかったんですか？」

そう言われてから、ゆっくり考えるようになった。

仕事は……好きだったけれども、その頃、会社の方針が少し変わり、新しい上司になったばかりだった。その上司とそりが合わず、疲れていたように思う。

それまで職場で通ってきた要求は、「経費削減」を理由に通らなくなっていった。決して無理な要求ではない。しかし、どちらかといえば福利厚生面のことが多かったから、そういうことを削《けず》るばかりの会社に失望を覚えていた。

転職まで考えてはいなかったが、病気にならなくてもあのままいくとそうせざるを得なかったかもしれない。

当時の会社の後輩に、思い切って電話してみた。子育てしながら、会社でパートをしていたはずだ。辞めてから、人づきあいもほとんど避けていたので、本当に四年ぶりに声を聞いた。

彼女はすでに、別の会社へ再就職していた。

「あの会社、今はいろいろ苦しいみたいですよ。濱村さんが辞めたあとくらいから退職する人が増えて、パートとかどんどん切ってたし」

彼女は、その頃に見切りをつけた一人だった。

「濱村さんは、いい時期に辞めたんじゃないですかね」

そんなふうに思ったことは、一度もなかった。

家族に関することも、いろいろ考えた。当時は一人息子が大学卒業間際で、就職も決まっていた。家から通えるのに「一人暮らしをする」と言い始めていた頃だ。

それがとてもショックだったことを思い出した。

「家から通えば貯金もできるじゃない！」

と言ったが、息子も夫も、

「もう自立すべき年齢だから」

としか言わず、なんとなく置き去りにされたような気分になっていたのだ。

今、息子は、自分の給料でやりくりをし、家事も普通にやって、それなりに楽しく暮らしている。それを誇《ほこ》らしく思うのならいざ知らず、悲しむとはどんな精神状態だったんだろうか。そんな要素などないのに、あの頃は一人でめそめそ泣いていた。

夫のこともそうだ。息子の後押しをした彼のことが恨《うら》めしく、一方的に避けてしまった。そんな自分のことを、入院中もそのあとも気遣い、家事もだいぶやってくれるようになった。旅行にも連れていってくれた。ケンカばかりになってしまったが。

それらを、菜実子はすべて病気のせいにしていた。元凶はあの悪いこと一つだけと思えば、他のことは考えなくてすむから。

このままだと、何が起こっても四年前の病気のせいにして、何も変わらないまま、いつも「あの時に戻りたい」と言い続ける人生になってしまう。

自信はずっと持てないかもしれない。ずっと迷うばかりかもしれない。でもとりあえず、一つだけ自分で選んで、何があっても絶対に後悔しない、と心に決めた。

どうせ一つのことにこだわるのなら、「後悔しないって決めたから」と言い聞かせる方がまだいい。


菜実子は、山崎医師の手術を受けることにした。断ることをしなかっただけであるが。

同意書にサインをする際は、夫と息子も彼と顔を合わせた。だから、もしかして二人が反対するかと思っていたが、そのようなことはなかった。

あのショッピングセンターで見かけた女の子はおそらく――山崎医師の手術を断ったのだろう。本人は彼の手術を受けたかったのに受けなかったということは、家族の反対があったと思われる。

だって、あんなに小さな子供なんだもの。決めるのは親だ。

「お母さんが決めたことなんだから」

と夫と息子が言ってくれるというのは、自分の意志を信じてもらえているということなのだ。

同じようなことは四年前も言われたはずなのに、ずいぶんと違う気持ちになるものなんだな。自分は、どれだけ卑屈になっていたんだろうか。


手術前、再び山崎医師と顔を合わせた。手術室に運び込まれた直後だった。

「あの……以前はありがとうございました」

やっとお礼が言えたけれど、こんな状況だ。とてもゆっくり話しているヒマはない。

「いえいえ、ずいぶんと楽になったみたいですね。工藤先生から聞きました」

「はい……」

「すぐ終わりますからね」

それくらいしか会話はできなかった。麻酔が効き始めると、もうあとの記憶はない。

手術は、やはり気がついたら終わっていた。

「前に比べたら、ずっと早かったよ」

と夫がびっくりしていた。傷も小さく、痛み止めもよく効く。

そして、回復も昔と違ってすごく早かった。食事ができるまでも短く、ずっと点滴《てんてき》ばかりで寝たきりということもない。

健太が見舞いに来たが、菜実子のことより山崎医師のことばかりを気にしていた。

「あの先生って、ここの病院にいるの？」

「いないよ、手術でいろいろな病院を回ってるんだって」

そう言うと、びっくりしたような顔になる。

「スーパードクターだな！」

そうなんだろうか。ボランティアでバルーンアートもしているような人だけれど。

「お母さん、昔の手術の時より、元気だね」

健太が言う。

「そう？」

「あの時は、手術が終わったのに、俺、大丈夫なのかって思ったもん……」

本当にボロボロだった。心も身体も。

「それでも一人暮らしを始めたから、しばらく罪悪感があって……」

「そうだったの!?」

健太の気持ちを慮《おもんぱか》ることもできていなかった、と気づいた。

「でも、電話とかメールをよくしてくれたじゃない」

今から思えば、だった。心の中では、家に帰らない息子を責《せ》めていた。

「ごめんね」

言い訳をせず、健太は言った。

「お母さんこそ、あの頃は落ち込みすぎてたわ。ごめんね」

憑《つ》き物が落ちたような気分だった。


その後の検査でも経過は良好だった。予定通り一週間ほどで退院だ。

なんだか心がずいぶんと軽くなっていた。もちろん、これから何年かは病院に通わなくてはならないし、また再発するかもしれない。それはわかっている。

まるで、自分のネガティブな感情も、手術で一緒に取ってもらったような気分だった。

四年間、無駄に過ごしたのか、と考えたこともあったが、あの時山崎医師を受け入れられるくらいなら、こんな回り道はしない。あの時はあれが精一杯の自分だったのだ。

それを忘れないようにするのが、当面の目標だった。

「お父さん、あたし、ちゃんと食事が取れるようになったら、パートでもいいから働きに出ようかな」

迎えに来てくれた夫に言う。働ける意欲も戻ってきたように思えた。

「無理するなよ」

車を運転しながら、夫は少し心配そうだった。

「無理はしないよ。仕事も見つかるかわからないし」

「まあ、そしたらまた旅行にでも行こうか」

四年前から旅行へ行ってもケンカばかりしていたのに——まだ誘ってくれるんだ。それがうれしくて、ちょっぴり涙が出た。


家に帰ると、寝室のベッドの上に、風船が置いてあった。熊の形をしている。

「どうしたの、これ？」

「昨日、前にお前が行ったショッピングセンターに、行ってきたんだ」

夫は昨日、夕方にやってきたのだが、昼間はそんなところへ行っていたのか。

「また山崎先生がバルーンアートやるって、診療所のブログに書いてあったから」

「そうなんだ！」

あたしも行きたかった。あの時は、バルーンアートをもらえなかったし、そんな余裕はどこにもなかったから。

「熊を作ってもらって、お前にあげようとしたんだ。本当はぶたにしてもらおうと思ったんだけど、難しくてできないらしい」

困ったような顔でそんなことを言っている山崎医師の点目が頭に浮かぶ。

「わざわざありがとう！　うれしい……」

熊は、山崎医師と同じくらいの大きさだった。これを作っているところを見たかった。

もう一度、ちゃんとお礼を言いたい。

「山崎先生は、一日たつとだいぶしぼむって言ってたけど」

「そんなことないよ。全然大丈夫」

元の大きさがわからないけど、菜実子には充分だった。

「また行きたいな」

「うん、連れていくよ」

夫の言葉に、また涙が出た。

恋かもしれない

きっかけは、母親からの電話だった。信義《のぶよし》が出るなり、こんなことを言う。

「おばあちゃんが変なのよ」

「なんなの、いきなり……」

「そのとおりのことよ」

母親らしくマイペースな話の進め方だが、声はいつになく不安げだった。こんな声は、あまり聞いたことがない。

「一ヶ月前におばあちゃん、転んで足の小指を骨折したんだけど」

「うん、それは聞いた。それがよくないの？」

「ううん、治ってきてるみたい」

「それはよかったじゃん。何が変なの？」

「最近、電話でわけのわからないこと言い出してて」

「どんな？」

「なんかねえ、ぬいぐるみが家にやってくるって」

信義の頭の中にはてなマークが舞う。

「ぬいぐるみって着ぐるみってこと？」

「そうかと思ったんだけど、違うんだって。小さい普通のぬいぐるみなんだって」

祖父母の家はかなりの田舎にある。自然にあふれていると言えば聞こえはいいが、実際は車がないと用が足りない場所だ。祖父母は長年住むその地域を愛しており、なるべくそこから離れたくないと思っている。二人ともまだ運転ができるし、健康なので今まではあまり心配していなかった。

しかし、祖母の足の指の骨折は思わぬ不自由を生んだらしい。指だけなのに思うように歩けないから、祖父が介護をしている。

母は「長引いて寝たきりになったりしたら大変」と心配していたが、家の中では一応動けるし、順調に回復しているという。治療は、地元の診療所が巡回医療車で来てくれる。

今までは何かあると車で隣の市立総合病院へ行っていたのだが、歩けない祖母を介助《かいじょ》しての車の乗り降りが思ったよりも大変で、その巡回医療車を利用するようになったそうだ。

「その頃から、ちょっと変なこと言うようになったのよね」

「ぬいぐるみが家に来る他には、なんて言ってるの？」

「そのぬいぐるみはお医者さんなんだって」

「ええー？」

「車を運転して、他の患者さんの家にも行くって言うのよ」

「それは……夢なんじゃないの？」

「きっとそうよね。電話するとその話しかしないんだけど」

「……じいちゃんはなんて言ってるの？」

「おじいちゃんはあんまりしゃべらないのよ。いつものとおりよ」

無口というより、電話が好きではないらしい。

「『おばあちゃんの言ってることってほんとなの？』って聞いたら、『ああ、だいたい』とか言ってて、それ以上わかんないのよ」

電話では埒《らち》が明かないようだ。

「ねえ、信義、ちょっとおばあちゃんとこに行ってみてくれないかな？　夏休みだし」

やはりそう来たか。

「一時的にこう——夢みたいなこと言ってるだけかもしれないけど、脳の病気っぽかったら、ちゃんと診てもらわなきゃだし……。おじいちゃんもおばあちゃんも、もう歳だから——」

とそのあとは何やら濁したけれど、やはり認知症などの兆候《ちょうこう》は実際に見てみないとわからないだろう。信義は小さなため息をついた。

「それにほら、あんただって就職したら、めったに行けないでしょ？」

「……就職したらね」

就活まっただ中である信義は、夏休みなのに帰省もしていなかった。まだ内定は出ていない。毎日同じことのくり返しな上に結果が出ないので、とても疲れていた。断りの通知が来てネガティブになったあと、むりやりにでもポジティブになろうと自分を奮《ふる》いたたせることにうんざりしていた。振り幅が大きすぎて、ついていけない。真ん中辺でまったり、という時間は、ほぼない。そのせいか、最近はとにかく胃が痛い。毎日、特に食後は痛かった。

田舎で少し休んだ方がいいのかもしれない、と思いながら、そんなことをして就活に失敗してしまったら、という焦りばかりが先に立つ。母に言われた時、祖父母には悪いが、行けるはずない、と考えてしまった。

でも、実際に休めるかどうかは行ってみないとわからない。もしかして大変なことになるかもしれないし、行かないことでもしものことがあったら、それこそ大変だ。

父と母は共稼《ともかせ》ぎで、しかも同居をしている父の母親の介護をしている。二人で手分けしているし、親戚から、あるいは公的な支援も目一杯受けているらしいが、時間的な余裕はない。信義が東京で一人暮らしをしながら大学へ通っていられるのは、両親が働いているおかげなのだ。

「わかった。ちょっと行ってくるよ」

「ほんと!? ありがとう。悪いわねえ」

気分転換くらいにはなるといいなあ、と思いつつ、電話を切る。

すぐに祖父母に連絡すると、二人ともとても喜んでくれた。

「のぶちゃん、最近大変ってお母さんが言ってたから、心配してたよ」

祖母が少し遠慮がちに言う。

「そんなに大変じゃないから、たまには行こうと思って」

電話で話す分には、特に変なことは言っていなかった。行ってみないと、とにかくわからないというわけだな。

電車で最寄り駅まで行き、駅でレンタカーを借りた。最寄り駅と言っても、そこから車で一時間かかるところなのだ。

途中にある大きなショッピングセンターで頼まれた買い物をし、山道をひたすら走る。慣れない道だが、空気はひんやりして、とても快適だった。東京のような蒸《む》し暑さがない。それだけでも天国のようだった。

祖父母の家に着いて、車から荷物を降ろしていると、祖母がひょこひょこと出迎えてくれた。

「ばあちゃん！　大丈夫なの!?」

杖《つえ》はついているが、危なっかしい。

「平気だよ。無理しない範囲で動きなさいって先生に言われてるから」

「じいちゃんは？」

「畑に行ってる。買い物いっぱいしてきてくれたから、今夜はごちそう作るよ」

「いいよ、そんなの！」

「おじいさんも手伝ってくれるから大丈夫だよ」

こんなふうになるだろうな、というのはわかっていた。母にも「ばあちゃんが休まないでやたら動きたがったらどうすんの？」と言ったのだが、「それはそれで元気になるからいいんじゃない？」と適当なことを返された。

どちらにしろ祖母は一度言ったことは決して曲げない人だ。口調はやんわりとしてても優しいのだが、実はかなり頑固な一面を持つ。

「のぶちゃんも手伝ってくれたらいいんだよ」

そう言われると……もちろん手伝うけれども。

そのあとすぐ、祖父が畑から大量の野菜とともに帰ってきた。

「おう、来たか」

いつものように、挨拶はそれだけだ。でも、声はうれしそうだった。

冷たい麦茶を飲みながら、ダラダラとおしゃべりしたり、テレビを見ているうちに、夕方になる。祖父とともに祖母を手伝い（というか、祖母の指図通りに二人で動いた）、夕飯を作り始めた。

祖父の手際がいいのに驚く。おととし来た時は、こたつから動かなかったと思うのだが。だから、信義は祖母の手伝いというより、祖父の手伝いをしたような感じになった。

「じいちゃん、料理できたんだ」

「ばあさんができないなら、やるしかないからな」

とぶっきらぼうに答える。

鶏肉と根菜とがんもどきの煮物、酢の物、おつゆ代わりの煮込みうどんと炊き込みご飯、デザートにもらいもののメロンというシンプルだが野菜たっぷりのおいしい夕食を食べ、信義はお腹いっぱいになった。最近、ちょっと食欲なかったけれど、おかわりもした。食後に胃が痛くなるかもと思ってもやめられなかった。

「のぶちゃん、いつまでいられるの？」

もう大学は夏休みというか、ほとんど通わなくてもいいのだが……。

「ええと、就活中だから、そんなに遊んでられないんだけど――」

カレンダーを見ると、明日の日付に印がつけてある。

「これ、何？」

「ああ、先生が来る日」

と祖母が言う。

「先生？」

あー、それが例の……。

「診療所の先生。明日巡回の日だから」

「そうなんだ。いい先生？」

「すごくいい先生だよ」

祖母はとてもうれしそうだった。廊下にいた祖父にも同じ質問をしてみたら、

「ああ」

としか返事をしなかった。肯定《こうてい》だとは思うけど、追求してもこれ以上は答えないのだ。信義が小さい頃から、全然変わらない。

夜は祖父母ともに寝るのが早いので、信義も早々に客間へ引っ込む。ふとんに入るとお日さまの匂いがした。祖父が干してくれたに違いない。

ふとんを干すのだって大変だよな……。じいちゃん、まだ元気とはいえ、木綿《もめん》のふとんは重い。

今度の敬老《けいろう》の日には、羽毛《うもう》か羊毛《ようもう》のふとんをあげようか。

することがないので、スマホでメールしたり、ネットを見るしかなく、それにも飽《あ》きてしまった。灯りを消してふとんに潜り込んで目をつぶる。

お腹はまだ苦しく、やっぱり少し胃が痛かった。今日も眠れないのだろうか——。と思ったのに、その夜はあっけなく寝ついてしまった。久しぶりに熟睡した気がする……。

次の日の朝もいい天気だった。目覚ましもかけなかったからリズミカルな包丁の音で目を覚ます。

あわてて起き上がって台所へ行くと、祖父が神妙な顔つきでネギを切っていた。

「顔洗って、着替えて来い」

手伝うも何も言い出せず、急いで顔を洗い、着替えてくると、もう朝食はできあがっていた。ごはん、味噌汁、玉子焼き、そして野菜を細かく切ってだし汁と納豆で和えたもの。うちでは「おかけ」と言っていた。小さい頃から大好きだったやつ。誰が作っても祖母の味にはならないのだ。

「いっぱい食べて」

昨日もたくさん食べたのに、朝からまたごはんをおかわりしてしまった。胃の痛みは治まっている。ほとんど野菜ばかりだからかな？　旬のオクラがうまいなー。

巡回医療車が来るまで、洗濯物やふとんを干したり、この際だからと大きな片づけものを手伝ったりした。祖父母は本当にマメで、几帳面《きちょうめん》だ。そういう暮らしが好きなんだろう。身体の調子が悪くなると、その生活が乱れてしまう。できればずっと同じような生活を続けてほしい、と信義は思うが、自分に手助けはできるだろうか？

以前会った時より小さくなったような祖父母を見ると、何かしなければ、と思ったりするのだが、具体的な方法はまったく浮かばないのだ。

「そろそろだよ」

押し入れの天袋《てんぶくろ》の中を片づけていた信義と祖母に、祖父が声をかけた。

「はいはい、先生来る時間だね」

祖母は、ゆっくりと立ち上がる。信義は天袋の中のものを元通りにしまった。

「この中のものは、みんなのぶちゃんにあげるよ」

と言われたけど、うーむ……古い書類ばかりで、いったい何が書いてあるのやら。

居間に祖母を連れていき、椅子に座らせたと同時に、庭へ車が入ってくる音が聞こえる。

窓から外を見ると、白いライトバンが停まっていた。想像していたのは、レントゲンとか献血の車だったので、かなりコンパクトだ。

向こう側——運転席側のドアが閉まる音が響いた。誰かが出てきたらしいが見えない。あれ、さっき見た時にはもう、運転席に誰もいないかと思ったのだが……。

チャイムが鳴った。祖父がゆっくりと椅子から立ち、玄関へ向かう。ずっと外を見ていたのに、人が家へ向かってきた様子には気づかず——。

「中山《なかやま》さん、おはようございます」

中年男性の声が玄関から聞こえる。

「おはよう、先生」

祖父が返事している。いつの間に玄関へ⁉

「先生いらしたね」

祖母が椅子に座り直す。

「え、お茶とかいれた方がいいの？」

「いいのよ。お宅によるたびにお茶飲んでたら、トイレ大変じゃない」

そ、そうか。よくわからなくてあわててしまった。

「八重子《やえこ》さんの調子はいかがですか？」

お医者さんはまだ見えない。こちらに移動してくる気配はある。

「今日は孫が来てるから、機嫌《きげん》いいよ」

「そうなんですか？　そりゃよかった」

そんな会話をし続けているのに、祖父は一人で居間へ入ってきた。

「あれ？」

お医者さんはどこに行ったんだろうか。

「ぶたぶた先生、おはようございます」

「ああ、八重子さん、顔色いいですね」

え？　声が下の方から聞こえた。声の方に顔を向けると、祖父の足元にぶたのぬいぐるみが立っていた。

バレーボールくらいの大きさで、薄ピンク色の身体。突き出た鼻に黒ビーズの点目、大きな耳の右側はそっくり返っている。そして、自分の身体よりも大きいカートを引きずっていた。

祖母が言ったとおり、ぬいぐるみの医者がいる。だって、首に聴診器《ちょうしんき》かけてる！　白衣までは着ていないけど！

マンガみたいに目をこすってしまう。

いや、でもこれ、トイレは関係ないんじゃないだろうか……。ぬいぐるみだし、お茶出してもよかったんじゃ？　お茶どうこう以前の話で――はっ、もしかして冗談？　いや、でも祖母はそういうことを言うタイプではない……。

自分でも混乱しているのがわかる。ただ一つだけわかったのは、祖母がおかしくなっていたわけではない、ということだ。

「これ、孫の信義です」

孫の様子は気にも留めず、祖母がにこやかに話しかけると、ぬいぐるみの点目がにこっと笑ったように見えた。すげーっ。しかも、

「こんにちは、はじめまして、山崎ぶたぶたです」

と言いながらトコトコ歩いて、なんと握手《あくしゅ》を求めてきた。反射的に握ってしまう。柔らかい。というか、握ったらつぶれてしまいそう。えっ、と思ってすぐに手を離してしまった。

「あっ、千葉《ちば》です――」

あわてて変なふうに名乗ってしまう。

「千葉信義さんですね」

ぬいぐるみはまったく動じず、まるで患者の名前を確認するように言う。

「娘の長男なんですよー。大学生で、就職活動中なの」

うれしそうに祖母が言う。無造作に個人情報を明かされた。まあ、いいけど。

ぬいぐるみ――山崎先生は、祖母の足元に座る。

「八重子さん、足はいかがですか？」

「おかげさまでだいぶ歩けるようになりましたよ」

「痛みは？」

などとたずね、足の触診《しょくしん》をしたり、血圧を測ったりしている。まるで普通の診察のようではないか！　本当に医者みたいだ。

「お医者さんなの……？」

祖父に近づき、ささやき声で訊いた。

「うん」

余計な説明はしない。

「ほんとに？」

「そうだよ」

そ、そうなのか。信義には、まだ受け入れがたかった。いきなりなので……もうちょっと事前情報を――は、ちゃんとあったのだった。こっちが信じなかっただけか。

「足の痛みの他に体調の変化などありませんか？」

こっちの混乱をよそに、診察は続く。

「少し喉《のど》が痛いかな？」

「じゃあ、診ましょうかね」

引いてきたカートの中から使い捨ての器具を取り出し、祖母の喉を見る。

「少し赤いですね。薬出しときますか？」

「お願いします」

「じゃあ、痛み止めと一緒にあとで薬局から届けてもらいましょうね」

「いいよ、車で取りに行くから」

祖父が言っているのを聴いて、あっ、そういう時こそ俺の出番ではないか、と信義は思う。

「じいちゃん、俺が行くから」

「お、そうか、お前運転できたな」

お客さん扱いなのかぞんざいなのかわからないな。

「じゃあ、処方箋《しょほうせん》は薬局の方に送っておきます。市助《いちすけ》さんの血圧のお薬は？」

「少なくなってきてるよ」

「じゃあ、それも一緒に」

山崎先生はカートの中からタブレットを取り出した。ええっ！　高さがほぼ同じに見える！　使えるの!?　と思ったら、慣れた様子で柔らかい手先を滑《すべ》らせている。

「はい、送っておきました。薬の種類はいつものとおりですけど――」

今度は画像などを見せて説明する。非常にわかりやすい。

「はい。じゃあ、次は二週間後で。痛みがなくなるまでは薬を続けてください。何かおかしいと思うことがあったら、すぐに電話してくださいね」

「ありがとうございます」

祖父母が頭を下げる。信義もあわててならう。

「それじゃ、また。お大事に！」

山崎先生は、短い手をしゅたっと上げると、パタパタと玄関へ急ぐ。

あれ、一人しか入ってこなかったな。

「のぶ、見送りしろ」

祖父に呼ばれて、信義は玄関から庭へ出た。

「しばらく涼《すず》しいらしいね」

「そうみたいですね。でも油断しないで。熱中症にはくれぐれも気をつけてください」

山崎先生は、車に近寄り、ぱっとドアに飛びついて、開けた。開けられるんだ……。

一連の動作が祖父と話ししながらで、とても自然だった。小さなぬいぐるみに見えているのは自分だけなのか、と思うくらい。

そして、次の祖父の言葉に仰天する。

「気をつけて運転してって」

運転⁉

「ありがとうございます」

運転席側に乗り込んで見えなくなったと思ったら、エンジンがかかって、ゆっくりと車はバックしていく。そして、中山家の庭からごく普通に出ていった。プッと軽くクラクションを鳴らして。

運転席には誰もいないように見えたけど。怖《こえ》よ！

「じいちゃん、山崎先生は一人で運転してきたの？」

「そうだよ」

なんだか妙に得意そうに言う。

「……見せたかったんだね」

「どうせお前は、お母さんのスパイだろうからな」

お母さんとはつまり、信義の母のことだ。

「おじいさん、あたし少し昼寝するから」

縁側から祖母が言う。

「うん。日が当たらないように奥で寝ろ」

「わかったよー」

ひょこひょこと祖母が姿を消すのを見て、祖父は話を続けた。

「ばあさん、かえって調子よくなったくらいなんだぞ」

そのまま花の手入れをし始めた祖父に言われて、信義はホースにシャワー口をつけて、引っ張ってきた。

「そうなの？」

「最近、身体がしんどいってずっと言ってたんだ。それであまり元気がなくてなあ。心配かけるから、お母さんには言わなかったけど、食欲も落ちて、やせてたんだよな」

「そういえば、前よりはやせたかもしれないけど、昨日はすごくいっぱい食べてたし……」

「少し戻ってきたんだよ。よく食べるようになったから、安心したとこだ」

祖父はぶちぶちと躊躇なく花をむしりとる。

「元気ないところに足の指の骨を折ったから、本当にふさぎこんじまって」

「それで巡回医療に来てもらったの？」

「うん。いつも行ってた大きい病院で、前からそういうのがあるって聞いてたから。今回、車で行くのもばあさんに負担がかかるし、元気ないのに何時間も待つのがしんどそうでな。それで頼んだんだ。誰が来るかはわかんなかったんだけど、山崎先生でほんとによかった」

「ばあちゃん、気に入ってるみたいだね」

「最初は二人でびっくりしたけど、帰ってからばあさんが『かわいい、かわいい』って連発しててな。久しぶりに笑ってるのを見たら、ああよかったなと俺も思ったんだ」

「なんか悩みとか聞いてくれるの？」

癒やしの化身《けしん》という感じだけれど。

「いや、普通の医者と変わんないよ。けど、優しいし、よく察してくれるから、緊張しないんだな、多分。大きくないし」

「……大きくないって重要なの？」

信義の質問に祖父は首を傾げる。

「関係ないかも。いや、なんにも関係ないからかもな」

謎めいたことを言う。

「どういうこと？」

「なんかさー、体格いい奴が苦手とか、女だとやだとか、若いと心配とか、年寄りは不安とか、いろいろ言う奴いるだろ？」

「ぬいぐるみだからやだって人もいるでしょ？」

「……あ、そうか。そういう奴もいるよな？」

ガハハ、と祖父は笑う。

「じいちゃんは平気だったんだ？」

「びっくりしたけど、かわいいからな」

「かわいい」なんて言葉、祖父から聞くの初めてかもしれない。いや、憶えていないだけだろうが。

「お前たちがよくああいうので遊んでいたこと、思い出したよ。お前は医者が嫌いでさー、いつも抱えてるぬいぐるみが診てくれるんだったら泣かないのに、と思ったもんだ」

うわあ、恥ずかしい。全然憶えてない。

「今までいろいろな医者にかかったけど、山崎先生は一番いい先生だと思うよ。ばあさんがふさぎこんでるっていうのも、すぐにわかってくれたからな。それだけで俺はいい先生だと思うよ」

「そうなんだ」

「それに、ばあさんの足をあの手で撫でてくれたんだけど、それだけで『痛くなくなった！』って感動してたよ」

……ん？　それはなんか違う気が。

庭に水をやっていたら、祖母が起きたので、信義は薬局へ出かけた。結局祖父も「買い物があるから」と一緒についてきた。

ホームセンター内にある処方箋薬局は、巨大と言っていいくらいの規模だった。しかも、先生の口ぶりからすると届けてくれるというからすごい。東京はそういうの、聞いたことない。

いや、そうじゃないと取りに行けない人もいるということか。

祖父母はまだ元気な方ではあるが、車の運転ができなくなったら本当にどうするんだろう。

帰り道、信義は祖父の車を運転しながら、そんなことを訊いてしまう。

「その時のために金を貯めこんでるから平気だ」

と祖父は言う。

「でも、家から離れたくないって言ってなかった？」

「元気なうちはってことだよ。お前らには残さず、全部使って死ぬ」

「別に遺産《いさん》目当てじゃないよー」

安心するとまではいかないが、祖父はごまかしたりしない人なので、まあなんとかなるのだろう、と自分を納得させる。信義自身は何もできない、という申し訳なさもちょっぴり残った。

寝る前に母へメールする。とりあえず、祖母がおかしくなったわけではないし、骨折だけであとは元気だから、と。

『ほんとに大丈夫なの？』

と心配そうだったが、あのまま山崎先生に会わなかった方がヤバかったかもしれない、という祖父の話だけはしておいた。

「本当にぬいぐるみのお医者さんがいる」というのは、「まあ、ぶたぶた先生って名前だから」と適当に濁しておいた。嘘は極力《きょくりょく》言わない方向で。実物を見ていない人に納得させるのは難しいと自分でもよくわかった。

『熊さんみたいな人なの？』

と母から返ってきたから、だいたいのニュアンスを汲み取って、こう言っておく。

『そうだね、ぬいぐるみって感じ』

感じじゃなくて、本当にそうだけど。

細かく説明すると、結局押しかけてきそうだし、これでなんとか安心してくれれば、と思ったら、とりあえず怒濤《どとう》のメール攻撃はおさまったようだった。

ホッとしたら、眠くなってきた。仰向けに寝転がると、胃がツキンと痛む。

信義は、昼間祖父が言っていた話が少し気になっていた。

あの濃いピンクの布が張られた手先で撫でられると、痛みが消えるなんて……そんなスピリチュアルなことが本当にあるんだろうか。この胃の痛みくらいなら、それで治るんじゃないかな……。

ついでに、就活のストレスもなくしてはくれないか——いや、それは無理か。自虐《じぎゃく》的《てき》な笑いを浮かべて、目を閉じた。

二日後、そろそろ帰らないといけない、と思いながら、信義はまだ祖父母の家に滞在していた。

まさにぬくぬくとしたぬるま湯に浸《つ》かっている気分……。東京へ帰ったらまた就活の厳しい状況を目の当たりにしなくてはならない。それを考えるだけでも胃が痛み始めるんだから、帰るなんて発想する方がおかしい。

何もしないで縁側で昼寝して、祖父母と同じもの食べていたら、きっとこの調子の悪さも治るはず。元気になったら、きっと就活もうまくいく。

そんな保証はどこにもないのに、それにすがりたくなっていて、危険だなと感じるのだが、どうやったら振り切れるのかがわからない。早く帰った方がいいというより、遅れを取るのが怖いだけなのだ、きっと。

うだうだそんなことを考えながら、信義は畑へ向かって歩いていた。起きてすぐに、朝食用のネギを取ってこいと祖父に言われたのだ。

今日も何も言えないまま午後になってしまいそうだった。東京のアパートへ帰るには、午前中にはここを出なければいけない。いきなり言うのは二人に悪い。せめて前日に言わないと。レンタカーも返さなきゃだし。ああ、俺って優柔不断《ゆうじゅうふだん》だな。

そう思ってまた自虐的に笑うと同時に、胃がキリキリと痛みだした。朝から痛いなんて憂鬱だな――。あれ、でも……いつもと違う?

「えっ……?」

立ち止まって胃を押さえる。何これ……なんでこんなに痛いの？

ヤバい、家に帰ろう、と思ったけれど、その時にはもう、痛くて足が動かなかった。

膝をついてしまう。

いったい何が起こったの⁉ 誰かを呼ぼうにも、誰もいない、車も通らない。声も出ない……。

どうしよう。そうだ、電話だ――！

そう思ってポケットを探ろうとした時、頭がくらりと回り始めた。倒れる⁉

やっとのことで手で支えて、道路で頭を打たないようにはできたけれど、もうそのまま横たわるしかできなかった。痛い痛い。最初は胃だと思ったけど、今はもう、とにかくお腹全部が痛い気がする……。

電話……電話かけなきゃ。けど、身体が動かない……。

「どうしたの⁉」

誰かの声がした。おじさんの声だ。すぐに近寄ってきて、

「声出せる⁉」

と耳元で言う。

「あの……電話を……」

声をかけられて、ちょっと意識が薄れていたことに気づいた。

「何かあったー？」

別の方向からまた声がした。畑の方からだ。けっこう距離がありそう。

「どこか痛いの？」

「腹が……胃だと思うけど、すごく痛いです……。あとめまいがする……」

「起きられるかな？　車に乗れれば——」

ざかざかと草をかき分けるような音がして、おじさんというかおじいさんの声がした。

「俺が支えてやるから、ほら、兄ちゃん」

ガラガラ声だが、添えられた手は優しい。

「す、すみま……」

またちょっと貧血が。

「おお、大丈夫か？　ほら、すぐだからな」

がっしりした腕が支えてくれる。

「斉藤《さいとう》さん、後ろの座席に乗せてください」

「ほら、車だ、座ってから横になりな」

言われたとおり、座席に乗り込む。目を開けるとフラフラするから、どんな車かわからない。けっこう広い……。普通の乗用車じゃない……。

「診療所に帰ります。ありがとうございました」

「おお、ごくろうさん。よかったな兄ちゃん、ぶたぶた先生に通りかかってもらえて」

一瞬にして覚醒《かくせい》――はできなかったが、そういえば聞いたことのある声だった！　えっ、じゃあここは、あの巡回医療の車？

バンッとドアが閉められる。

「急いで診療所行きますからねー、ちょっと我慢して」

車は走りだした。信義はけんめいに目を開ける。しかし、ここから運転席は見えない。

車は多少急ぎ気味ではあるが、そんなにすごいスピードは出していなかった。痛いので急いでほしい、でも、ぬいぐるみが運転しているとなるとなるべくゆっくり、と思わなくもない。

いやいや、きっと看護師さんが運転しているはず……。

「意識ありますかー？」

「は、はい……」

声は意外とはっきり出た。何度か声をかけてくれたのは、意識を保つためだったのだろうが、この車に乗っていることへの恐怖（？）によって起きていられたとも言える。ちょっとでもスピードが上がったら、あるいは曲がったりブレーキかけたりしたらもう、「ヤバいヤバいヤバい」と心の中でくり返すしかない（普通に運転してるだけだけど）。

やがて車は停まり、エンジンが切られた。

「着きましたよ」

着いたってどこに？

「ちょっと待っててね」

少しめまいが治まったようだった。おそるおそる目を開ける。ドアの外がなんだか騒がしくなり、すぐにバーンと開けられる。

「起きられます？　車椅子持ってきたけど」

女の人の声がした。看護師さんかな……？

「は、はい……」

首を上げても、そんなにクラクラしないようだ。おそるおそる動いて、車椅子に座る。

「はい、じゃあ、移動しますよー」

車椅子の脇を何かがちょこちょこ動いている。何かと思ったら、山崎先生じゃないか！　え、あれ、ここはどこ？

白いきれいな建物に入っていく。あれ、病院ぽい……そういえば、「診療所に行く」って言ってたっけ……？

「お腹——胃が痛いんだって？　めまいは？」

歩きながら、山崎先生がたずねてくる。

「めまいはよくなりました……。痛みもちょっと治まったかも……」

診察室と書かれた部屋に入れられる。

「市助さん——おじいさんが言ってたけど、ちょっと胃の調子が悪いんだって？」

ああ、気づいてたのか。やたら胃を押さえてたのかもしれないな。

「胃はずっと痛かったですね……」

「いつくらいから？」

「春からです……」

四年生になってから。

「じゃあ、ちょっと寝てください。お腹触りますよー」

山崎先生が触診を始めた。布の手でお腹を触ると言うより撫でる……。いや、ぎゅうぎゅう押しているのだろうが、これでわかるのかというくらいソフトな気がする。祖母が言うように痛みが治まったりはしなかった。

普通のお医者さんなら、そうだよな。

「うーん、胃のレントゲンを撮るか——今朝、ごはん食べました？」

「いえ、これからでした……」

お茶も飲んでいない。起きてすぐ「畑に行け」とじいちゃんに言われたのだ。

「そうだよね、まだだいぶ早いし」

こんな早い時間に、あなたこそ何をしてたのと訊きたいが……。

「昨夜は何時にごはん食べました？」

「えーと、六時くらい」

祖父母の習慣に合わせているので、早い。

「何時にものを食べたのが最後？」

「七時くらいから食べてません」

寝るのも早いし、胃の調子が悪かったから、間食などもしない。

山崎先生はしばしば顔中（というより身体中）にシワを寄せ、考えこむような顔をしたのち、

「じゃあ、胃カメラ飲もうか」

と言った。

「えっ⁉」

「空腹状態なら入れられるし。大丈夫、痛くないですよ」

うわー、その言い方うさんくさい！

「僕、内視鏡はとっても上手なんで」

「そんなの信じられません！」

思わず言ってしまう。誰に言われてもそう言ってたと思うけど！

ていうか、この人（？）がやるの⁉

「鼻からのだから、楽ですよ」

「口からのも何もやったことないから、違いはわかんないですよ！」

「大丈夫、本当に大丈夫だから！」

「でも――」

ぬいぐるみじゃん！

「痛いんでしょう？　どっちにしろ胃の検査しないとダメなんだし、胃カメラならすぐにわかるし。時間も機械もあるから、今やっちゃった方が楽ですよ」

ぬいぐるみのくせに押しが強い。単に自分が胃カメラ使いたいだけじゃないの⁉

「原因わかった方が治りが早いし。今就活してるんでしょう？　何もしなかったら、ストレスでもっと悪くなっちゃいますよ」

ううう、それを言われるとつらい……。

「わかりました……飲みます……」

みんなつらいつらいと言うけれど、もしかしてそれは都市伝説かもしれない。けど、ぬいぐるみに胃カメラを入れられる人間は、あまりいないはず。

貴重な体験――そう思っておこう。

そのあと山崎先生は、看護師さんとともにテキパキと準備を進めた。まずは血液検査のために採血され、そのあとに胃をきれいにする薬を飲まされた。喉の局所麻酔が行われ、胃が動かなくなる薬を注射されてから、ベッドに横向きで寝かされた。先生は高い

椅子の上に立ち、信義の鼻にカバーをつけ、

「はい、じゃあ入れますねー」

と言うないなや、素早く胃カメラの管を挿《さ》しこみ始めた。なんの躊躇もなくて、こっちの心の準備は何もできてないんだけど！

入れられて「どれだけ苦しいのか」と覚悟した時には、もう喉に管が到達していた。遅かった、と思ったが、ちょっと違和感がある程度で、痛みも吐き気もない。

「はい、一番苦しいところはもう通りましたよ」

と言われたら、緊張も消えた気がした。不思議な力というより、単純に声とか言い方が柔らかいから安心するのだ。身体も同じくらい柔らかい。

「苦しくないですか？」

「大丈夫です」

鼻に管が通っているので、フガフガした声になる。

「はい、今食道ですよ」

モニターで胃カメラの映像も見せてくれた。自分の身体の中をリアルタイムで見るって、妙な気分だ。

「ここから胃ですね」

シュルシュルした音をさせながら、カメラは胃へ入っていく。まるで生きているようにカメラが移動し、「見つけた！」というように一箇所で止まった。赤くなっている。

「あ、軽い潰瘍《かいよう》がありました」

えーっと叫びたくても、大きな声を出すのは怖い。

「でも、出血はないですね」

あんなに痛かったのに？

胃カメラの先はさらに信義の内臓を嗅《か》ぎまわる。あっ、そうなのだ。動かしているのはこのぬいぐるみで……手先のリモコンのようなジョイスティックをなんなくコントロールをしている。やっと見ることができた。でも自分の胃の中も見たい。先生の手元を見るのは難しい。首がつりそう……。

「他はきれいですね。潰瘍もおそらく薬で治るものだと思いますが、念のため組織を取って、検査しておきますか？」

「なんの検査ですか……？」

「胃がんとピロリ菌です」

ひえっ……俺の胃、今動かないはずだけど、縮まった気がする。

「心配ないと思いますけどね。あくまでも念のためです。でも検査結果が出るのって、だいたい二週間後なんです」

またまた「えーっ」と叫びたくなる。二週間後……東京に帰ってなくちゃ——と思ったけれど……とっさに頭に浮かんだのは、「二週間、ここにいていいんだ」という妙にホッとした気持ちだった。

具合悪いんだもん。休まなきゃ。理由があるんだもん。

——そう言い聞かせないと休めない自分にちょっと愕然《がくぜん》としながら、

「大丈夫です。検査してください」

と言った。

「じゃあ、取りますね」

取る!? どう取る!? と焦った時にはもう、モニター内で謎の器具が動いていて、

「はい、取りました」

は、速い！

「カメラ抜きますよ」

ということで、カメラはどんどん後退を始めた。素早く喉を通ったかと思うと、

「はい、これで検査は終わりです」

あっけなく胃カメラ検査は終了した。五分くらいだろうか。

終わって、ようやくショックが追いついてきたみたいだった。しばし呆然とする。

「とりあえず薬出しときますね。二週間後にまた来てください」

はあ……これでようやく休める、と思ってしまった。開き直るしかない。

「一、二時間くらい食事は控えてください」

「はい……」

この歳で胃潰瘍か……。メンタル弱いのかな、俺。

「就活中だって聞きましたけど、やはりストレスは大きいですか？」

「はあ……大きいです」

あまり人に話したことはないけれど。だって、周りはみんなつらいし。就活終わった奴にはなんとなく話したくないし。世代の違う人に話してもピンと来ないみたいだし、親は忙しいし。

一人でがんばるしかないな、という感じだったのだ。

「おじいさんの家に来たのは、お休みを取るため？」

「いえ、そういうわけじゃないんですけど……東京に帰らなきゃ帰らなきゃと思いながら、ずるずると」

「遅れを取ると思うと、つらいですよね」

「はい」

「おじいさんの家は居心地がいいですか？」

「一人暮らしは気楽ですけど……いろいろ世話焼いてもらうのは、楽ですね」

子供の頃に戻ったみたいだった。

「おじいさんとおばあさんにお話聞いてもらったら？」

「心配させちゃいますから……」

「話さないのもかえって心配すると思いますけど」

そんなもんだろうか。

「でもとにかく、二週間はこっちでお休みするってことですよね？」

「はい」

「では、ゆっくり安静してください」

「はい……」

本当の理由は、とても話せない。ぬいぐるみのことを話す祖母の様子を見に来た、とは。

待合室で会計を待っていると、なんと祖父がやってきた。

祖父宅に電話するのをすっかり忘れていた。帰りのことも頭から抜け落ちていた。ここがどこだかもわからないのに。

「ここにいるって言ってたから」

「斉藤さん？　ああ、車に乗せてくれた人！」

なんか声に憶えがある！

「『ずいぶん大きくなったなあ』ってびっくりしてたぞ。最初わかんなかったみたいだけど」

最後に彼に会ったのがいつなのか、もう憶えていないほどだ。

「帰りどうするつもりだったんだよ」

「あー、電話しようとしてたとこ」

忘れていたことは黙っていよう。自分もかなりあわてていた。胃もまだちょっと痛かった。

「何があったんだ？」

「胃潰瘍ができてるんだって」

そう言うと、祖父の顔がみるみる歪《ゆが》んだ。

「胃潰瘍⁉　なんで⁉　そんなに若いのに」

「歳はそんなに関係ないんですけど……」

と山崎先生が後ろからそーっと声をかける。

「そうなの⁉」

「今は若い人たちもストレスをたくさん抱えてますからね」

「お前、やっぱり具合悪くてこっちに来たのか？」

「いや、お母さんに言われたからだよ」

母も気づいていたのだろうか。離れているからわからないと思うのだが。

ちょっとびっくりするくらい、祖父が不機嫌になった。具合が悪いのは、こっちなのにー。

「市助さんは、心配なだけですよね、信義さんが」

山崎先生に言われると、祖父はあわてたような顔になり、こんなことを言う。

「こいつは、俺の中ではまだ洟《はな》たらしたガキなんだよ」

ぬいぐるみに治療してもらえれば、泣かないのにって思ってた頃の、か？

「じゃ、処方箋お渡ししますね。よく効くお薬ですから」

山崎先生は祖父の様子に気づいたのかどうなのか、涼しい声でそう言った。

薬局がまだ開かないので、薬はまだもらえない。とりあえず家に帰った。

「寝てろ寝てろっ」

不機嫌ではあるが、祖父はさっさとふとんを敷《し》いて、信義をむりやり寝かした。痛みは治まっていたが、胃カメラのショックをひきずっていたので、ありがたく横になる。

しばらくして祖母がやってきた。

「のぶちゃん……胃潰瘍なんだって？　ぶたぶた先生が診療所に運んでくれたの？」

ちょっと泣きそうな顔をしている。ほら、こうなるってわかってたからさー。

「うん。でも薬飲めば治るって」

「ごめんね、そんな時に来てもらって……」

「知らなかったんだから、ばあちゃんのせいじゃないよ」

「こんなに若いのに、胃潰瘍なんて……」

「歳は関係ないって先生は言ってたよ」

「でも、原因はストレスなんでしょ？　大学生なのに、そんなストレス抱えてるなんて……かわいそう……」

「これから気をつけるから、平気だよ」

必死に祖母をなだめていると、祖父がやってきた。

「おじや作ったから食うか？」

「じいちゃん、胃カメラ飲んだから、二時間くらい何も食べないようにって言われたよ」

「えっ、胃カメラ飲んだのか。俺は飲んだことないのに」

うらやましいみたいなニュアンスはやめて。

「じゃあ、あとであっためればいいか」

祖父の言葉に、祖母はまた泣きそうになる。

「おじやしか食べられないの……？」

「いや、消化のいいものならなんでもいいんだよ。よく噛めって言われた」

早食いはいけないらしいが、時間を節約するためについやってしまっていたなあ。

「ぶたぶた先生がいたから、すぐに診察してもらえたし、検査もできたんだから、かえってよかったよ」

アパートで一人で苦しんでいたかと思うとゾッとする。電話もまともにかけられなかった。胃カメラ検査を比べることはできないが。

「ここに来る前から痛かったの？」

「うん、少しね」

「それなのに、どうしてここに来たの？」

「あー……ええと、静養《せいよう》、かな？」

「でも、お母さんはのぶちゃん忙しいって……」

矛盾が。どう言い訳すれば。

「ちゃんと説明すれば？」

祖父がため息をつく。

「なあに？」

ごまかすとのちのちめんどくさくなるだろうし、そういうのに信義も耐えられないのだった。

「お母さんにぶたぶた先生のこと、話したでしょ？」

「……ああっ。そうだね、言ったわ」

「それでお母さんが心配して、俺を寄こしたんだよ」

「そうだったの。まあ」

祖母は戸惑った顔になったが、

「それはつまり、あたしがボケたんじゃないかって思ったわけだね？」

ズバリ言い切った。

「まあ……そうだね」

祖母はちょっと黙りこんだ。やがて、

「ぶたぶた先生に会った時は、あまり人に言わないようにしようっておじいさんと話したのに、言っちゃったあたしが悪いよね」

と言った。

「なんで言わないようにしたの？」

「あんたが来た理由のとおりじゃないの」

あ、そうか。

「別に身内に言うくらいはいいと思ったんだけどな、俺は」

祖父がポソッとつぶやく。

「あたしも。けど、そんなに心配するなんて、思わなかったんだよ」

「お母さんは心配性だから」

「そんなね……ほっといても平気なのに」

「でも、ばあちゃんもふさぎこんでたってじいちゃんから聞いたよ」

祖母は祖父をにらみつけた。そして、祖父はこっちをにらむ。

「なんで言うんだ、のぶ……」

「この際だから、全部言っとこうかなと思って」

「……あたしも黙ってて悪かったよ」

祖母は不満そうだが、そう答えた。

「でもね、今は骨折だけで、元気だからね」

「それはそのとおり、お母さんに伝えといたよ」

「心配かけたくないんだよ……」

「それ、うちの親族はみんなそんな感じだね」

信義が言うと、祖父が笑った。

「お前もそうなんだな」

その言葉に、祖母も自分も笑った。

「話さないのもかえって心配する」っていうのは、こういうことなんだな、と思った。

信義はたっぷり二週間休んで、もう一度診療所に行ってから、東京へ帰った。取った組織は検査の結果、がんの疑いはなし、ピロリ菌もなかった。祖母の足もだいぶよくなっていた。

巡回では一度山崎先生に会ったが、診察は別の先生だった。

「お忙しいんですね」

「巡回と手術で飛び回ってるし、ボランティアとかもやってるからね」

そう説明されて、あっけにとられる。なんだろうか、ものすごくアグレッシブな。少しエネルギーを分けてもらいたい。

と、祖母に言ったら、

「のぶちゃんはのぶちゃんのペースでがんばればいいんだよ」

そんなに甘いこと言わないで、と思うが、結局そうするしかないんだよな——そう考えられるくらいには元気が出たらしい。

東京に帰ってから、改めて病院にかかるようにと言われた。山崎先生みたいな医師がいる病院、ないかな。また胃カメラ飲むことにならないよう、気をつけるしかないのか——。

レンタカーで駅へ向かっている時、遠くに白いライトバンが見えた。軽快に走っているけれど、運転席には誰もいない。

あ、あれはぶたぶた先生が乗ってるんだ。

あまりにも遠くて、合図もできなかったが、今日もああやって田舎の道を走っていくんだ。

祖母は、こんなことを言っていた。

「ぶたぶた先生に会いたいと思っても、丈夫だと会えない。でも、その方がいいんだよね」

会いたいと思っても会わない方がいいなんて――恋物語だろうか。

けれど、そんなことを話す祖母は、そして祖父も、なんだかとても楽しそうで――聞いている信義も同じ気持ちになった。

本当に「恋かも」と思ってしまうくらいに。

おまけのショートショート

祖母の決断

コーヒーチェーン店のカウンター席で、向かいのケーキ店の窓際に見入っていた美紀《みき》子《こ》は、なんとも言えない悲しい気持ちに包まれていた。

窓際にはスーツ姿の中年男性が一人座っていた。そこはキラキラでふわふわのお菓子の家のようなケーキ店だ。三十歳の美紀子でも、入るのにちょっと躊躇《ちゅうちょ》してしまうくらい超絶かわいらしい店。

そこにおそらく四十代くらいの男性が一人で座り、おいしそうにケーキを食べていた。最初は驚くばかりだったのだが、彼の向かい側にあるものに気づいた時、一気に悲しくなってしまった。

彼は、ぬいぐるみを向かい側に置いていた。小さな薄ピンク色のぶたのぬいぐるみだ。突き出た鼻と濃いピンクの布を張ったひづめのような手先が動いているようにも見えたが、それは気のせいだろう。

キャラクターのぬいぐるみを座らせてくれるカフェのことを聞いたことがあるけれど、向かいの店はそういうところではない。はず。少なくとも、そういうことをやっているのは見たことがない。今日を除いて。

いや、カフェではないところでなら、見たことがある。自分の祖母の家だ。

祖母の家——つまり自分の実家なのだが、両親はすでにいない。今は祖母だけが住んでいる田舎の小さな家だ。きょうだいのいない美紀子にとって、祖母はたった一人の肉親だった。

遠いからめったに帰れない実家にたまたま帰った時、美紀子に気づかないまま、祖母が大きな熊のぬいぐるみ相手におしゃべりをしながらおやつを食べているのを目撃したことがある。かなりの高齢である祖母のそんな様子を見たのは初めてで、その時も、そして今も何も言えないままになっている。

祖母は寂しくて、ああいうことをしたのだろうか。一人で食事をすることに耐えられないのだろうか——いくらでも理由が考えつき、心配でたまらない。美紀子は祖母のことを思うあまり、その場で泣き崩れそうになってしまった。

都会に出て、仕事をして結婚して——だが、夫は自分を裏切った。それを自分が知っているのを、彼はまだ知らない。このまま自分が黙っていれば、同じように暮らせるだろう。自分さえ我慢すれば——けれど、それってなんのため？　一人だけの秘密のストレスを抱えて、それを押し殺して生きていく人生って？　子供がいれば、それもまた一つの選択になるかもしれないけど……。

実家へ帰ることによって高齢の祖母に心配をかけたくないという気持ちと、また別の問題を抱えるのではないかという恐れがある。それは今のストレスとはまったく違うものだ。でも、同じくしんどいのならば、自分が大切に思う人、大切に思ってくれる人を選ぶべきじゃないのか？

気がつくと、窓際にはもう中年男性もぬいぐるみもいなかった。若い女の子たちがキャッキャした雰囲気でメニューを広げている。

時間にして数分だろうか。美紀子の気持ちは、このコーヒーショップに入る前と百八十度変わっていた。

夫の不貞《ふてい》は自分で証拠を集めていたので、それを提示して離婚を申し出た。

彼はまさかバレているとは思っていなかったようで、腑抜《ふぬ》けたような顔をしていた。

幸いなことに義理の両親が味方をしてくれ、相場以上の慰謝料《いしゃりょう》を一括《いっかつ》でもらって、あっけなく離婚できた。そして、すぐに実家へ帰った。仕事はネット環境があればできるので、田舎でもなんとかなるだろう。

美紀子が結婚した時、とても喜んでくれた祖母はもちろんがっかりしていたが、くわしい事情を話すと、

「そんな男と長く暮らしてると、美紀ちゃんが腐っちゃうよ！」

と怒り狂ってくれた。思ったよりもずっと元気だった。

思ったよりもというより、美紀子は今まで自分がいろいろと誤解していたことに気づいた。

まず一つ、熊のぬいぐるみは祖母の大のお気に入りであったことだ。

その当時、まだ自分で運転をしていた祖母は、たまたま行ったショッピングモールで

見かけた大きな熊のぬいぐるみを気に入り、買って帰ったと言う。理由は、

「おじいさんに似ていたから」

祖父は、美紀子が生まれる前に亡くなっているので会ったことはないのだが、写真を見ると当時としては並外れた大男だったらしい。猟師だったそうで、

「本物の熊とも渡り合った」

と言われている。渡り合うってどういうことなの？

しかし、目は優しげなタレ目で、確かに熊のぬいぐるみと似ていた。

他にも家にはたくさんぬいぐるみが置いてあった。みんな祖母が気に入って買ってきたものだった。かなりの好みとこだわりのある選択をしていた。その子たちと一緒におやつを食べるのが、祖母は好きだったのだ。

そしてもう一つは、自分が実家に帰った時に不自由がないようにとネット環境を整え、祖母にもいろいろ教えておいたのだが、それをものすごく使いこなしていた、ということ。

美紀子も知らない創作系のサイトに登録して、好きな短歌や掌編《しょうへん》小説、タブレットで描いた絵や撮った写真などを投稿したりしていたのだ。若い子たちと普通にメッセー

ジをやりとりしていたりする。

「ヒマだから、なんでもわからないことを調べてるうちに、けっこうできるようになった。みんな親切で、丁寧に教えてくれるよ」

と笑う。こんなに多趣味な人だったんだ――。なんだか美紀子の方が新しいことを教えられた気がして、もっと早く離婚して実家へ帰ってくればよかった、と思うくらいだった。

しかし、そんな楽しい日々は長く続かなかった。

半年後の自治体の健康診断に、祖母がひっかかったのだ。胃の精密検査をすすめられた。

美紀子の方が取り乱してしまった。もっと早く帰ってくればよかった、と。

「そんなの関係ないよ。しょうがないよ」

と祖母はあきらめ気味というか、飄々《ひょうひょう》としていたが、美紀子はとても自分を許せそうになかった。せめていいお医者さんにかからなければ、と思う。胃カメラを飲むということだから、祖母の負担にならないよう、上手な先生を見つけなければ。

祖母は、

「健康診断した病院でいいよ」

と言っているが、そこの評判も含めてご近所で聞きこみを行った。遠くの総合病院に車で行っている人が多かったが、評判は割とどこも横並びで、決定打がない。そんな中、胃カメラに限るとなぜか「あそこがいいよ！」とみんなが口をそろえて言うところがあった。

「小さな診療所なんだけど、新しいところで検査機器がいろいろそろってるんだって」

お隣（といってもすごく離れている）のご隠居さんは言う。

「内視鏡のものすごくうまい先生がいる」

というのも別のご近所さんに聞いた。車で行けば、時間はかからない。通うことになっても、そんなに負担にはならないだろう。その点では帰ってきてよかったな、と思う。

祖母は美紀子が帰ってきた段階で、「もう歳だから運転しない」と決めてしまったらしいから。

美紀子の意見を聞いた祖母は、そこで胃カメラ検査をすることにした。予約の電話を入れて、やきもきしながらその日を待った。

当日、時間通りに訪れて、待合室へ入る。評判はいいのに、とても空《す》いていて不安になったが、

「美紀ちゃん、これ見て。こういうのやってるところなんだ」

「巡回医療車で周辺地域を回っております。ご希望の方は受付まで」という張り紙があった。こっちの方が主な病院のようだった。

「こんなのあるなんて、全然知らなかったよ」

新しい病院の待合室を、祖母は興味津々で見回していたが、美紀子は落ち着かなかった。検査を受けるのは祖母なのに。

「原《はら》さん、どうぞー」

医師らしき人の声が待合室に響く。祖母と二人で診察室に入っていくと、大きな椅子がクルリとこっちに向いた。そこに座っていたのは、バレーボールくらいの小さな薄ピンク色のぶたのぬいぐるみで——それが、呼び出しと同じ声で、

「おや、どうしました?」

と言った。

いや、言ったように見えた。

何、このいたずら？　それに「おや、どうしました？」じゃないだろ、胃カメラの検査を申し込んだんだから――と思ったら、

「あ、すみません、胃カメラでしたね」

とまるでノリツッコミみたいに答えられた。

「美紀ちゃん、大丈夫？」

祖母に心配されるようなこと、あたしした⁉

「なんだか顔色が悪いようですけど」

とぬいぐるみは話を続ける。その黒い点目を見ているうちに、以前見たケーキ店の窓際を思い出した。

いや……いや、まさか。そんな偶然はないだろう。あったとしても、この状況は……あまりにもファンタジーだ。ありえない。別のぬいぐるみだ。あるいは、自分が見ている幻《まぼろし》。

そんな幻が、祖母に胃カメラ突っ込むの？

本気でクラリと来たが、かろうじて踏みとどまる。

「美紀ちゃん、眠そうだけど？　待合室で待ってたら？」

「そんなのダメッ」

祖母を一人にはできない。他に誰か人は——と思ったら、奥に看護師さんがいた。ちょっとホッとする。

「では、こちらにお座りください。付き添いの方はそちらの椅子に」

どこからか響く男性の声に従って、祖母と美紀子は座った。え、座っていいの、と思ったが、祖母は躊躇《ちゅうちょ》がなかったから……。

「では、胃カメラ検査の説明をさせていただきますね」

目をつぶって聞けば、けっこういい声だな……。


「美紀ちゃん、終わったよ。帰ろう」

祖母に肩を叩かれて、美紀子は目を開ける。

「えっ⁉」

ガバリと起き上がると、自分の身体にはブランケットがかけられていた。え、あたし寝てた⁉

「美紀ちゃんも診察してもらう？　すごく気持ちよさそうに寝てたから、起こさなかったんだけど」

まあ、最近祖母の検査が心配で、あまり寝られなかったから――ってそういう話じゃない！

「えっ、胃カメラ終わったの？」

「終わったよ。全然痛くなかったし、時間も短かったよ」

「え、あのぬいぐるみに……？」

と言ってから、診察室を見回すが、もういなかった。

「そうそう、その山崎先生」

さも当然のように、祖母は言う。

「結果は二週間後だって。でも、先生の見立てでは、心配ないらしいよ」

そんなこと言っちゃうなんて、どうなのそれって⁉　ぬいぐるみの特殊能力⁉

しかし、言うとおりに、祖母の病状は深刻なものではなかった。少なくともがんではなかった。特殊能力うんぬんではなく、単にそういう検査結果というだけだが。

二週間後に行っても、先生はやっぱりぬいぐるみだった。あのぬいぐるみに胃カメラ

をやってもらうことを短時間で決断した祖母がすごい。しかも、

「しばらくあそこに通うか、巡回医療車に来てもらうか、選ばないとね」

とウキウキして言っている。美紀子は祖母ほどぬいぐるみが（全般的に）好きではないので、まだ受け入れられない。受け入れる必要はあるのだろうか……。でも、巡回医療で来てもらうことになると、家に来るってことだよね？

しかし、

「うちの子たちとおやつ食べてもらおうかな」

とか祖母が言い出しているのを聞いて、ちょっと山崎先生が気の毒になってしまった。美紀子はいったいどういう立場でもって彼を家に来させないようにするか、悩むことになるのであった。

あとがき

お読みいただき、ありがとうございます。矢崎存美です。

さて、今回のぶたぶたに関しては、ついに——と思う方もいらっしゃるのではないかと。私としても「ついに！」ですよ。

ついに人間のお医者さんのぶたぶたです。

ぬいぐるみなのか人間なのか、と悩む書き方だな……。「ぬいぐるみのお医者さん」って書くと、おもちゃ修理の人みたいになりますよね。これはこれでとっても面白そうですけど。

とにかく、今まで何度か書こうと思いながら先延ばしにしてきたドクターぶたぶたの話をみなさまにお届けできることとなりました。

医療ものは、書くとなると大変です。わかっています。ていうか、誰でもわかりますよね……。

私はそういう業界の人間ではまったくないですし、身体はけっこうポンコツなので病院にはよくかかりますが、入院なんてもう四十年近く無縁な人間なのですよ。しかも怪我で形成外科だったから、病気ですらないんですよね……。治療法や薬や病院の常識も、全然変わっている。

こういう時に頼りになるのは、友人で医療関係者のRちゃん。今回も、たくさんお世話になりました。私のしつこい質問にも丁寧に答えてくれて、どうもありがとうございました！

彼女との話や、私の拙《つたな》い取材から思ったのは、「今の医学は、とにかく進歩のスピードがものすごく速いな」ということでした。下手すると、一年後でさえだいぶ違うことになるかもしれない。二、三年くらいでも、その可能性が飛躍的に高くなるんじゃないですかね。

と、生意気なことを言ってみる。

私は、父親母親ともに長生きの家系で、特にこれと言った遺伝の病気もなく、ポンコツながらも長持ちする身体らしい（今のところ。精神的な気力はまた別……）。このまま運良く大きな病気にもかからず、死ぬまで働き続けることも可能かもしれません。しかし、最近はとみに病気や死について、あるいは生きるということをよく考えます。「臨死《りんし》体験」についての物語である『食堂つばめ』というシリーズを他社さんで書いている、というのもありますけど、一番の理由は年齢です。

年齢って、本当にそれだけ歳を重ねないとまったくわからないものなんだな、と実感する毎日です。子供というか、若い頃の想像どおりには全然ならない。しかし、小学生の頃に高校生がすごく大人に見えたり、はたちくらいの歳から見れば三十路《みそじ》の人がすごく落ち着いて見えたりするのは、もはやお約束なのかもしれません。実際、その年齢になってみると、そこからは程遠い人間になっている。自分の内面と外見を別々に見ることができればいいのかもしれませんよね。外見は装《よそお》うことだってできるんだから。かたちから入れば、中身も寄せていけるかもしれない。

でも、私にはそういう器用（？）なことができない……。小学生もはたちも三十路もアラフィフもみんな自分の延長線上にある、と考えると、いまだに小学生とも言えるし、アラフィフの疲れた思考に沈むこともある。

「極端から極端に走る」という傾向が昔からあったんですけど、歳をとってもまったく変わらない。最近は「走る」と息切れがします。心身ともにガタが来ています。でも、若い頃に戻ってやり直したいとはちっとも思わない。今の頭の中身のまま、二十代の健康な身体を持てたらいいな、とは常に思いますけど（同じようでいて違うのです。より図々《ずうずう》しい）。

とりあえず、飼い猫の寿命までは生きろ私。

今回の手塚リサさんの表紙はとてもカラフル！　いつもありがとうございます。絵本のように楽しいイラストです。どうしてこういう表紙になったかは、ぜひ本文でお確かめください。

はっ、今思ったけど、この表紙で「ドクター」となると、きっと思い浮かべる科があるんだろうな――ごめんなさい。違うんです。

というか、読者の方はぶたぶたにどんなお医者さんをやってもらいたかったんでしょうかね？　私も実は、「こういうお医者さんがいいな」と思っていたのがいくつかあったのですが、今回は実現できなかったのでした。ネタとしてはたくさんありました。ネタというか、シチュエーションをスケッチやコント風に楽しく想像していたのです。

「もしもぶたぶたが、○○科のお医者さんだったら」

こんな感じで。

こういうのだとポコポコ出てくるのですけど、お話にできるかはまた別問題なのですよね。基本、ぶたぶたはこんなふうに想像していくうちに書けそうなものを選択していく、という書き方です。アイデアはたくさんあっても、全部書けるかはわからないという……。いや、実力不足とも言えるのかもしれませんが。

今回は最後に短いお話を入れたのですけど、どうしても書きたかったというか、一度は出しときたかったというか――書いておかないといけないかな、というシーンのために書いたものだったのでした。


今回はかなりとっちらかってしまったので、担当の山川さんにだいぶお世話をかけてしまいました。どうもすみません。ありがとうございます。

取材にご協力いただいた医師の方々もありがとうございました。

Rちゃんにも改めてありがとう。

そして、いつものように他にもいろいろお世話になった方々、ありがとうございました。

それでは、また次のぶたぶたでお会いしましょう。

参考文献
『はじめての手術看護』倉橋順子、近藤葉子（メディカ出版）
『消化器ビジュアルナーシング』真船健一編（学研メディカル秀潤社）
『ナースのためのやさしくわかる内視鏡検査・治療・ケア』工藤進英監修（ナツメ社）他
（敬称略）

光文社文庫

文庫書下ろし

ドクターぶたぶた

著者　矢《や》崎《ざき》存《あり》美《み》

2016年7月20日　初版1刷発行

発行者　鈴木広和
印刷　萩原印刷
製本　ナショナル製本

発行所　株式会社　光文社
〒112-8011　東京都文京区音羽1-16-6
電話（03）5395-8149　編集部
8116　書籍販売部
8125　業務部

落丁本・乱丁本は業務部にご連絡くだされば、お取替えいたします。
ISBN978-4-334-77316-8　Printed in Japan

組版　萩原印刷

お願い　光文社文庫をお読みになって、いかがでございましたか。「読後の感想」を編集部あてに、ぜひお送りください。

このほか光文社文庫では、どんな本をお読みになりましたか。これから、どういう本をご希望ですか。

どの本も、誤植がないようつとめていますが、もしお気づきの点がございましたら、お教えください。ご職業、ご年齢などもお書きそえいただければ幸いです。当社の規定により本来の目的以外に使用せず、大切に扱わせていただきます。

光文社文庫編集部

ぶたぶたのお医者さん
文庫書下ろし
矢崎存美
Yazaki Arimi
KOBUNSHA BUNKO